O LIVRO ROUBADO

Flávio Carneiro

O LIVRO ROUBADO

Rocco

Copyright © 2013 by Flávio Carneiro

Direitos desta edição reservados à
EDITORA ROCCO LTDA.
Av. Presidente Wilson, 231 – 8º andar
20030-021 – Rio de Janeiro – RJ
Tel.: (21) 3525-2000 – Fax: (21) 3525-2001
rocco@rocco.com.br – www.rocco.com.br

Printed in Brazil/Impresso no Brasil

Preparação de originais: Rosana Caiado

CIP-Brasil. Catalogação na fonte.
Sindicato Nacional dos Editores de Livros, RJ.

C288L	Carneiro, Flávio Martins, 1962-
	O livro roubado / Flávio Carneiro. Rio de Janeiro: Rocco, 2013.
	ISBN 978-85-325-2864-3
	1. Ficção brasileira. I. Título.
13-02758	CDD – 869.93
	CDU – 821.134.3(81)-3

Para Angélica

> Bastam dois espelhos opostos
> para construir um labirinto.
>
> J. L. Borges. *O pesadelo*.

1

Eu era o cara errado no lugar certo. Pelo menos foi o que pensei quando abri a porta do escritório e o cliente me perguntou se eu era o Miranda, detetive particular. Percebi logo que se tratava de um homem rico. Nem tanto por estar de terno e gravata impecáveis, não era apenas isso, algo naquele rosto dizia: tenho grana.

"Sim, sou eu."

Estava mentindo. Meu nome não é Miranda e não sou detetive. Pelo menos não profissionalmente. Houve uma vez em que cheguei a pensar em ser, coloquei anúncio no jornal e tudo. Acabei me metendo numa encrenca de dar dó. Isso aconteceu há oito anos e por pouco não fui parar sete palmos debaixo da terra, fazendo companhia aos vermes no São João Batista.

O Miranda de verdade me devia dinheiro. Fazia três semanas eu batia ponto no escritório, querendo cobrar a dívida, e ele nunca estava lá. Cheguei até a fazer amizade com a secretária, Ana. Quer dizer, foi um pouco mais do que amizade.

Ele sempre dava um jeito de fugir de mim, era eu chegar no prédio que o safado inventava alguma coisa para fazer na rua. Pelo menos eu ficava com a Ana, quando não havia mais ninguém no escritório. E acontecia ali mesmo, no pequeno sofá da recepção ou em cima da mesa do Miranda. Ela trancava a porta e, por um breve espaço de tempo, eu esquecia que existia uma vida lá fora, com várias contas a pagar.

Não era apenas uma compensação, claro, eu gostava da Ana. Rosto bonito, de traços finos, pernas compridas que lembravam as da Barbie, a pele muito branca ficava rosada nos dias de calor.

Cabelos curtos, pintados de vermelho, uma falsa ruiva capaz de parar qualquer trânsito. Estava terminando a faculdade de História e aceitara o emprego de secretária do Miranda como bico. Além de inteligente, era bem-humorada. Adoro mulheres que me fazem rir. Gostava da Ana, mas precisava mesmo era do meu dinheiro.

Naquela tarde, como sempre, o Miranda não estava no escritório. Cheguei quando Ana estava saindo. Tenho que resolver uns problemas na rua, ela disse, me espera aqui, volto em um minuto. Ela saiu, tranquei a porta e fui para a sala do detetive.

Comecei a vasculhar umas pastas, sem saber direito o que estava procurando. Foi quando tocaram a campainha.

Coloquei tudo no lugar e fui atender. Eis a chance de receber minha grana, pensei na hora. Só podia ser um cliente do Miranda e quem sabe tivesse ido ao escritório fazer um pagamento. O plano veio pronto à minha cabeça: fingir que era o detetive e ficar com o que ele teria a receber do cliente.

Agora o sujeito estava ali e eu não tinha a mínima ideia do que fazer, a não ser continuar com a farsa até quando desse.

"Vamos entrar. Por aqui, faz favor."

Puxei uma cadeira para ele e me sentei na outra, a do Miranda.

"Achei que você fosse mais velho."

Eu *sou* mais velho, pensei. Na minha carteira de identidade consta que tenho 34, mas não é um mísero pedaço de papel plastificado que vai dizer minha idade verdadeira. Depois do que me aconteceu nos últimos tempos, minha alma deve ser uma cinquentona, se é que alma tem idade.

"Eu me cuido", respondi, ajeitando uns papéis sobre a mesa, sem olhar para ele.

Depois levantei o rosto e disse:

"Em que posso ajudá-lo, senhor?"

"Quem me indicou você foi um grande amigo. Você resolveu um caso pra ele faz alguns anos, o roubo de umas joias de família. O nome dele é Omar."

"Sim, o Dr. Omar, claro que lembro. Como ele está?"

"Bem. Omar adora viajar, você sabe. Ontem embarcou para a Ásia. Por isso não pôde vir comigo."

Que sorte!

"Ele gostou do seu trabalho, elogiou sua eficiência e, sobretudo, sua discrição", disse, me olhando fundo.

Era um senhor gentil, educado, falava baixo, muito simpático. Parecia o tipo de pessoa incapaz de fazer mal a alguém. O que será que o tinha levado ao escritório de um detetive particular? Descartei a hipótese de pagamento. Ele não estava ali para pagar nada, infelizmente.

Eu poderia dizer logo a verdade e dar o fora daquele lugar que não era meu. Mas resolvi continuar com o disfarce, minha intuição me dizia que ainda iria me dar bem.

"Faz parte do ofício. Discrição é tudo", respondi.

"Bom saber que pensa assim."

Ele se ajeitou na cadeira. Parecia menos tenso.

"Preciso que você recupere um objeto. Algo muito precioso."

Esperei alguns segundos, sustentando o olhar do coroa. Devia ter uns sessenta anos, cabelo grisalho penteado para trás com cuidado, e nos olhos alguma coisa que eu não conseguia identificar muito bem, um viço, uma vitalidade qualquer, olhos de um brilho intenso.

"Que objeto?"

"Um livro."

"Livro?"

"Sim, um exemplar de colecionador, a primeira edição de *Histoires extraordinaires*, a coletânea de contos de Edgar Allan Poe organizada e traduzida por Baudelaire, em 1856."

"Uau!"

"Conhece?"

"Poe é um dos meus autores preferidos. Sei tudo sobre esse livro, já li várias vezes. Em português, claro. É nele que está o 'Assassinatos da Rua Morgue'."

"Então deve saber que esse conto não estava na edição original, organizada pelo próprio Poe, com o título *Tales of the Grotesque and Arabesque*."

"Claro. Foi Baudelaire quem decidiu incluir o conto na coletânea que organizou, mudando o título. A tradução brasileira foi feita a partir da coletânea de Baudelaire. *Histórias extraordinárias*, em português."

"Um detetive que gosta de Poe!"

Será que o Miranda gostava de Poe? E se gostasse, será que o cliente tinha conhecimento disso? Eu estava começando a falar demais, pensei comigo.

"Deve valer uma fortuna esse livro."

"Talvez. Mas não pense que tem apenas um valor monetário. Estava na minha família desde o século XIX. Um mendigo o deu ao meu bisavô, no ano de 1862."

"Um mendigo?"

"Meu bisavô tinha vinte anos quando fez uma viagem a Paris. Vivia em dificuldades financeiras e era dado a aventuras de todo tipo. Nessa época, tinha acabado de receber uma pequena herança pela morte do pai e resolveu gastar tudo viajando pela Europa. Ele não tinha emprego fixo, fazia uma coisa aqui, outra ali. E adorava ler."

Gostei, adorava ler e não queria trabalhar. Era um dos meus.

"Tinha um coração enorme e nenhum apego a bens materiais. Certo dia, caminhando em Paris, foi parar na Rue Dunôt, no Faubourg Saint-Germain."

"Não é possível."

"O que não é possível?"

"Pode repetir o nome da rua?"

"Rue Dunôt."

"Só falta seu bisavô ter entrado no número 33."

Ele sorriu.

"Vejo que você realmente conhece Poe."

"Nem tanto, não sou estudioso nem nada, mas sei que esse é o endereço de Dupin, o detetive de Poe. Como seu bisavô foi parar lá?"

"Sorte, se você acredita nela. Ou destino, se preferir. O que importa é que meu bisavô caminhava por essa rua e exatamente em frente ao número 33, sentado na calçada, um mendigo lhe pediu esmola. Generoso como sempre, ele deu ao pobre homem metade do que trazia no bolso."

"Generoso mesmo."

"O mendigo ficou espantado ao ver o quanto tinha nas mãos. Quis beijar os pés do seu benfeitor. Meu bisavô recusou e ele então perguntou o que poderia fazer para retribuir. Foi quando meu bisavô viu o livro. Estava embrulhado num cobertor puído, junto com outros objetos."

"Era o livro de Baudelaire. Ou melhor, de Poe."

"Exato. O mendigo o recebera de alguém na rua, não tinha utilidade nenhuma pra ele, mal sabia ler e esperava vendê-lo por algumas moedas ou trocar por comida."

"Seu bisavô sabia que era um livro valioso."

"Na época não tinha o valor que tem hoje. Havia sido publicado alguns anos antes e poderia ser encontrado em qualquer livraria."

"Seu bisavô ganhou de um mendigo, que estava em frente à casa de Dupin, um livro com a história do próprio Dupin? Não dá pra acreditar!"

"Se você não acredita, nem me atrevo a esperar que acredite no que vem depois."

"Tem mais?"

"O que lhe contei foi apenas o começo. Meu bisavô pegou o livro e seguiu seu caminho. Pouco adiante, ouviu o mendigo, que o chamava de volta. Ele retornou e o mendigo lhe disse que a pessoa que havia lhe dado o livro fizera uma advertência. O mendigo não deu importância mas, por via das dúvidas, achou que deveria repetir para o meu bisavô o que ouvira do ex-dono."

"E o que era?"

"A advertência era bem clara: nunca leia todos os contos desse livro."

"E por que não?"

"O mendigo apenas repetiu ao meu bisavô o que ouvira: a desgraça há de chegar para aquele que ler esse livro por inteiro."

Me lembrei do que ouvi uma vez, não sei onde, sobre *As mil e uma noites*. Os árabes dizem que não se pode ler *As mil e uma noites* até o final. Não que tenham medo de acontecer alguma coisa ruim quando chegarem à última página, mas apenas porque se tem a sensação de que o livro é infinito.

"Então acho que a maldição só serve para a edição francesa. Li várias vezes meu *Histórias extraordinárias* e não aconteceu nada."

Olhei bem para o seu rosto e pude perceber um sorriso irônico, que não soube interpretar e me pareceu um tanto assustador. Cheguei a sentir um calafrio.

"Meu bisavô era um homem, como direi, que acreditava em certas coisas."

"Um místico."

"Pode ser, um místico. Ele levou a sério a advertência e leu com avidez os contos, com exceção de um, que nem chegou a folhear."

"Qual?"

"Não sei, nunca soube. A partir do momento em que meu bisavô abriu o seu *Histoires extraordinaires*, sua vida mudou completamente. Da noite pro dia ficou milionário. Tudo passou a dar certo. Na saúde, no amor, nos negócios."

"E o senhor acha que isso teve a ver com o livro."

"Não acho, tenho certeza. E ele também tinha. Antes de morrer, meu bisavô deu o livro ao meu avô, que teve uma vida longa e próspera. Meu pai herdou o exemplar e com ele aconteceu o mesmo. No leito de morte, ele me deu o livro de presente, o colocou nas minhas mãos e disse: cuida bem dele, nunca deixe que saia desta casa."

"E o senhor também teve uma vida próspera."

"Tive. Até agora. Receio que coisas ruins possam acontecer comigo e com minha família depois que me roubaram o *Histoires extraordinaires*."

"Roubaram? O senhor tem certeza de que foi um roubo?"

"Sim, e sei quem foi."

"Quem?"

"Meu mordomo."

Segurei o riso, mas meu rosto deve ter deixado escapar algum sinal.

"Acha engraçado, filho?"

"O senhor tem um mordomo? E ele é o culpado?"

"Tinha, não tenho mais. Fugiu."

Voltei a ficar sério. Aquilo parecia absurdo mas senti que ele estava me contando a verdade, ou pelo menos o que considerava ser a verdade.

"Desculpe-me, senhor..."

"Mattos, Aureliano de Medeiros Mattos, ao seu dispor."

"Por que o senhor acha que foi o mordomo, senhor Mattos?"

"Só pode ter sido. Thomas estava conosco há mais de trinta anos. Sempre foi tratado com carinho, todos o consideravam um membro da família. Faz algumas semanas ele começou a ter um comportamento estranho, parecia um pouco aéreo, distraído, como se estivesse pensando em outras coisas quando conversávamos. Perguntei o que estava acontecendo. Ele me deu uma resposta evasiva, disse que eu não precisava me preocupar. Na semana passada, ele recebeu um telefonema. Atendeu achando que não havia ninguém em casa. Eu estava no jardim, não dava pra ouvir direito a conversa, mas sei que Thomas falava com uma mulher."

"Como pode ter certeza?"

"Ele disse a palavra *querida* duas vezes. E estavam falando de um livro. Ouvi Thomas dizer claramente a palavra *livro*. E uma frase bastante reveladora: *vale muito mais*."

"Vale muito mais? Ele falou isso?"

"Falou."

"E o senhor não conversou com ele depois, não tirou essa história a limpo?"

"Eu tentei. Entrei na sala e perguntei com quem estava falando. Com uma amiga, ele respondeu. Não parecia nervoso, aparentava muita calma. Achei que eu pudesse ter me enganado, não ter ouvido direito. Deixei pra lá. Naquela noite Thomas fez suas malas e saiu de nossa casa. Quando acordei, ele já tinha ido. Sumiu, sem deixar sequer um bilhete."

"Quando foi que o senhor deu falta do livro?"

"Dois dias depois. Não o deixava exposto nas estantes da biblioteca como os outros. Era precioso demais e eu o guardava num cofre. Só eu tenho a combinação. Quer dizer, eu e os outros membros do clube."

"Que clube?"

"Faço parte de um clube de bibliófilos. Nos reunimos uma vez por mês. É um clube fechado, não admitimos novos membros. Inicialmente o grupo contava com doze associados, doze amigos verdadeiros, posso lhe garantir. Alguns morreram e hoje somos sete."

"O senhor e outros seis membros do grupo têm a combinação do cofre."

"Sim."

"E por que o ladrão não poderia ser um deles?"

"Porque o cofre não foi aberto usando a combinação. Foi arrombado. Estávamos reunidos na biblioteca, quando fui apanhar o livro e vi o cofre arrombado. E nem sombra do *Histoires extraordinaires*."

"O cofre fica na própria biblioteca?"

"Fica."

"Não poderia ter sido outra pessoa da casa, um outro empregado?"

"O único empregado que entra na biblioteca é o Thomas. Ele mesmo faz a limpeza, quando necessário, nem as faxineiras entram ali."

"O senhor não tem esposa?"

"Não. Sou viúvo. Moro com minhas duas filhas."

"E por que não chamou a polícia?"

"A polícia tem mais o que fazer do que investigar o roubo de um livro. Eu teria todo o aborrecimento de sair de casa e enfrentar o ambiente desagradável de uma delegacia a troco de quê? Nada.

No máximo sairia de lá com um boletim de ocorrência. Foi quando Omar sugeriu o seu nome."

Me recostei na cadeira e fiquei olhando para ele. Estava prestes a aceitar um caso ridículo, em que o culpado era o mordomo. E, pior, um caso que nem era meu. Será que valeria a pena?

"Tem alguma ideia de aonde seu ex-mordomo possa ter ido? Era casado ou tinha algum parente no Rio?"

"Thomas é solteiro, sem filhos. É muito reservado, raramente falava comigo de sua vida pessoal. Só sei que tem, ou tinha, uma irmã mais velha."

"E essa irmã mora onde?"

"Não sei."

"O senhor tem uma foto dele, pelo menos?"

"Aqui não, mas em casa devo ter, em algum lugar."

Me levantei e fui até a janela. Abri um pouco a persiana e fiquei olhando a chuva fina caindo lá fora.

"Você vai ou não pegar o caso?", ele perguntou.

"Depende."

"Estou disposto a lhe pagar à altura da sua competência."

Então pode me dar cinco reais e estamos combinados, pensei, com vontade de rir. Ou de chorar.

"E isso quer dizer quanto exatamente?"

"Trinta mil."

Engasguei. Não estava bebendo nem comendo nada e mesmo assim consegui engasgar. Acho que aquelas palavras saíram da boca do cliente e foram direto para a minha garganta. Trinta mil!

"Está se sentindo bem?"

"Estou. É o ar-condicionado, de vez em quando me incomoda."

Desliguei o ar, bebi um copo d'água. Em pé mesmo perguntei:

"Em dólar ou euro?"

Incrível como consegui me superar e ser tão cara de pau. Ele ficou me olhando por um instante.

"Você é mesmo o Miranda. O Omar tinha dito que você não cobra barato pelos seus serviços."

Então o Miranda ganhava bem. Não me pagava porque era um grandessíssimo canalha.

"Se este é o seu preço, eu pago. Trinta mil euros."

Voltei à janela. Lá fora eu via um daqueles prédios espelhados do centro da cidade, uma imagem bonita, daria uma bela foto, a chuva batendo nos espelhos do prédio formava um desenho em tons de azul e cinza. Fiquei vendo aquilo e pensando: tirei a sorte grande.

2

"Quem é vivo sempre aparece", o Gordo disse quando cheguei ao Bar Brasil, na Lapa.

"Alguém precisa trabalhar nesse país."

"Também acho. Você, por exemplo."

Pedi um chope.

"Se continuar de onda, não conto como você pode ganhar quinze mil euros."

"Como é que é?"

"Isso mesmo que você ouviu."

"Vou precisar dançar pelado ou alguma coisa assim?"

"Não, não vai. Até porque não consigo imaginar alguém tão estúpido que queira pagar pra ver suas banhas."

"Não exagera, André. Acabei de sair de uma dieta. Duas semanas!"

"E perdeu quanto?"

"Catorze dias."

Cheguei o rosto mais perto do Gordo e falei baixinho:

"Quer bancar o detetive de novo?"

Ele respirou fundo.

"Definitivamente, você não tem memória."

Da última, ou da única vez em que inventamos de ser detetives, quase levamos uns tiros. Por sorte escapamos mas tivemos que sair do Rio, eu, o Gordo e uma namorada minha, Lívia. Ficamos zanzando por aí, em cidades pequenas de outros estados, até a poeira baixar. Isso levou seis longos anos.

Meu irmão, Augusto, também precisou sair da cidade. Vendeu tudo o que tinha, inclusive sua casa na Barra e o apartamento em que eu morava, em Copacabana, e se mudou para o exterior. O apartamento era meu de direito, ficou de herança dos meus pais, só que estava no nome do Augusto. O puto vendeu sem me consultar e isso foi apenas mais um motivo para eu deixar de falar com ele.

Não me dou nada bem com meu irmão, para dizer o mínimo. Ficamos quatro anos sem falar um com o outro. Depois afrouxei um pouco, ele liga de tempos em tempos para saber se está tudo bem, respondo qualquer coisa e desligo. Quando decidi voltar para o Rio, Augusto pagou o que me devia pela venda do apartamento de Copacabana. Com o dinheiro comprei um outro, menor, um conjugado, em Copacabana mesmo, noutra rua.

Lívia está morando em Buenos Aires. Nunca mais nos vimos. Sinto saudades dela, às vezes.

Há dois anos eu e o Gordo voltamos para o Rio. Tentei arranjar emprego mas sempre dava alguma coisa errado e eu caía fora ou era demitido.

Até que decidi trabalhar como guia turístico. Criei alguns roteiros pelos bares da cidade. A ideia não é muito original, algumas pessoas já faziam isso antes de mim, mas sempre pelos bares da Zona Sul. Os meus roteiros também incluem bares do Centro e da Zona Norte. E não sei dizer exatamente o motivo, talvez pela minha vasta experiência no assunto, sei que o pessoal gosta. Trabalho por conta própria e também em parceria com duas agências que me arranjam os turistas e ficam com uma porcentagem do pagamento. Não dá para ficar rico mas me garante as despesas do mês. Sempre no sufoco.

"Por causa dessa história de detetive a gente quase morre! E eu ainda fui mandado embora da livraria."

"Você agora é *dono* de livraria, Gordo, não pode reclamar. Não tem mais que aturar patrão, é um empresário bem-sucedido."

"Sem deboche, por favor. É apenas um pequeno comércio de livros usados. O vulgo chamaria de *sebo*, mas não gosto do nome, você sabe."

Eu admirava o Gordo. Era tão boêmio quanto eu, mas tinha um talento para coisas práticas que jamais tive. Ele sempre sonhou em ter uma livraria. Nesse tempo em que estivemos fora da cidade, conseguiu juntar uma quantia razoável. Quando planejamos voltar, vendeu seu apartamento no Centro, que estava alugado para uma amiga dele, raspou as economias e conseguiu comprar um pequeno sobrado na Rua do Lavradio, precisando de obras. Pegou empréstimo no banco e fez a reforma, montou a livraria na parte de baixo e mora na de cima. Meu ídolo.

"Você está é reclamando de barriga cheia. Aliás, cheia mesmo."

"Fala de uma vez o que preciso fazer pra colocar as mãos nos quinze mil."

"Precisa me ajudar a encontrar um livro."

"Só?"

"Não é tão simples."

Contei a ele tudo o que havia acontecido no escritório naquela tarde.

"Quando o Miranda descobrir que você roubou o cliente dele, vai ficar uma fera."

"Ele não vai descobrir. Só eu e você sabemos disso."

"Você não contou pra Ana?"

"Não."

"Sabe de uma coisa, André? Você trata muito mal suas mulheres."

"Eu?"

"Não pode ser só sexo, meu amigo, tem que ter carinho, confiança."

"Não foi você que disse uma vez que não se deve confiar nas mulheres bonitas?"

"É verdade, eu disse. Mas há exceções. Você deveria confiar mais na Ana. Ela gosta de você."

"Também gosto dela."

"E tem outra coisa: vamos precisar da Ana."

"Por quê?"

"O Miranda não pode saber que você está faturando o que seria dele."

"Esqueceu que ele me deve?"

Um dia o Miranda me ligou. Alguém que havia feito um dos meus roteiros pelos bares indicou meu nome. Miranda queria um passeio com um grupo de turistas espanhóis. Depois entendi que os turistas eram amigos de um cliente dele. O malandro queria impressionar o cliente, às minhas custas. Pediu um passeio exclusivo, de três noites, por bares pouco conhecidos. Podiam ser de qualquer lugar da cidade, desde que fossem seguros. Me deu uma trabalheira danada montar esse roteiro, cobrei bem alto pelo serviço e ele topou na hora, sem regatear. No final do terceiro dia o Miranda falou: passa amanhã no meu escritório para receber o pagamento. Estou passando até hoje.

"Não esqueci", o Gordo disse, "você é que esqueceu que ele não pretendia pagar a dívida. Logo, o que você vai ganhar do cliente seria do Miranda."

"Estranha lógica a sua."

"O Miranda não pode saber disso e ponto-final. Agora pensa, por exemplo, se o Mattos um belo dia resolve ligar pro escritório, querendo saber como andam as investigações. Já pensou?"

"Já. Pedi a ele que ligue apenas pro meu celular quando quiser falar comigo. Disse que preferiria assim, é mais seguro."

"Vamos supor que o Mattos esqueça o que você pediu e ligue direto pro escritório. É sempre a Ana que atende, não é?"

"Sim."

"Então. Se ela estiver sabendo de tudo, vai poder te ajudar, vai dizer que o Miranda saiu ou está ocupado, não vai deixar que ele fale com o Mattos. E ela também pode te passar informações preciosas sobre o Miranda, informações que vão servir pra você manter seu disfarce. É como se fosse uma agente infiltrada, entendeu?"

"Você tem uma imaginação muito fértil."

"Obrigado."

"Nesse caso teríamos que dividir o pagamento com a Ana."

"Não todo. Você pode fazer um acordo com ela. Dez por cento do que receber, pra não deixar que o Miranda descubra tudo, e te manter informado sobre os passos dele."

"Dez por cento?"

"É um bom acordo."

Quis retrucar mas fomos interrompidos pela chegada de uma morena escultural, de olhos puxados, parecia uma índia de vinte aninhos de idade. Chegou perto da mesa e disse, numa voz suave e com um olhar capaz de aquecer o mais frio dos corações:

"Posso tomar um chope com vocês?"

Nem precisava responder. Não sabia de onde havia saído aquela mulher, talvez das páginas da *Playboy*, só que vestida.

༄

"Você é o detetive Miranda, não é?"

O Gordo olhou para mim. Achou que eu fosse responder: não, meu nome é André. Eu podia estar hipnotizado, mas não tinha perdido o juízo, não ainda.

"Sou."

"E você?", ela perguntou ao Gordo.

"Meu assistente", respondi.

"Nas horas vagas", ele corrigiu, "quando não estou cuidando dos meus negócios."

O Gordo deu a ela seu cartão com nome, endereço e telefone da livraria. E também com o número do celular.

"Você tem uma livraria?"

"De livros usados. Só vendo livros usados."

"E dá pra viver disso?"

"Não posso viajar todo ano pra Europa ou trocar de carro como quem troca de camisa, mas dá pra oferecer uma bebida a uma mulher bonita."

Ele chamou o garçom e pediu outro chope.

"Com colarinho, por favor", ela disse ao garçom.

Gostei. Ela sabia que não se deve beber chope sem colarinho. É como beber refrigerante sem gás. O colarinho dá sabor ao chope, além de ajudar a manter a temperatura. Mais um ponto para a morena, como se ela precisasse.

"Desculpe incomodar vocês. Meu nome é Bruna, sou filha do Mattos, que esteve hoje à tarde no seu escritório. Eu estava esperando por ele no carro. Depois que meu pai saiu ficamos um tempo conversando, e quando você desceu ele me disse: é aquele, é o detetive Miranda."

"E como foi que você me encontrou aqui?"

"Coincidência. Venho sempre ao Bar Brasil. Estou com umas amigas, ali."

Olhamos na direção que ela apontava. Na mesa, duas mulheres nos cumprimentaram. Vi que o Gordo ficou com olhar de lobo para uma delas.

"Coincidência?", o Gordo perguntou.

"Não acredita em coincidências, querido?"

Ele não gostou do tom com que ela o chamou de querido. Eu também não teria gostado.

"Seu pai quer que eu encontre um livro."

"Sabe, Miranda, meu pai é muito rico."

Já tinha dado para perceber.

"E muito sentimental também. Minha mãe, quando era viva, sofreu muito com isso, meu pai foi enganado várias vezes por pessoas que abusavam da sua ingenuidade. Minha mãe pedia a ele pra tomar cuidado, mas não adiantava. Esse caso agora, com o Thomas, é apenas mais um."

"Mas o Thomas, pelo que seu pai falou, era de confiança da família, todos gostavam dele, não apenas seu pai."

"Minha mãe sempre desconfiou do Thomas, e com razão. Era um bom funcionário, eficiente, dedicado, mas havia algo nele que não parecia boa coisa."

"O quê?"

"Ele deu em cima de mim."

"Natural", disse o Gordo, com um risinho de lado.

"Sim, se eu não tivesse dez anos de idade."

"E quando foi isso, ano passado?"

Fiz um sinal para o Gordo. O galanteio, ou seja lá como se chamava aquilo, estava um pouco exagerado. Fiquei com medo de que acabasse irritando a filha do meu cliente.

"E você não contou pro seu pai?"

"Eu era uma criança, Miranda, não é fácil contar uma coisa dessas, fiquei com medo. E foi só uma vez, Thomas percebeu que tinha feito besteira e nunca mais tentou nada comigo, mas parei de confiar nele. E meu pai continuava tratando nosso mordomo como se fosse um filho."

"Filho? Você por acaso sentia ciúmes do mordomo do seu pai?", o Gordo perguntou, terminando de traçar seu *kassler* com batatas, a costeleta de porco que ele venera.

"Não entendi."

"Ciúmes, como se Thomas fosse um irmão mais velho, o primogênito."

"Não, não é nada disso. Meu pai sempre foi muito carinhoso comigo, não tenho nenhum motivo pra sentir ciúmes, nem do Thomas nem da Clarice."

"Clarice?"

"Minha irmã."

O Gordo olhou para mim e adivinhei seu pensamento: de onde saiu essa pérola ainda tem outra?

"Quantos anos tem a sua irmã?"

"Vinte e dois."

Nem me atrevi a olhar para o meu assistente.

"Mas não disse ainda por que vim falar com você."

"Não, não disse."

"É justamente sobre a minha irmã. Há umas duas ou três semanas encontrei um bilhete no quarto dela. Eu procurava um brinco que Clarice tinha me pedido emprestado. E no meio das coisas dela, em cima da mesa, achei um bilhete. Estava escrito: hoje, às onze. Era a letra do Thomas."

"Você conhece a letra dele?"

"Conheço. Ele de vez em quando anotava recados quando alguém telefonava. Tenho certeza de que era a letra dele. Quando encontrei o bilhete eram onze e meia da noite. Minhas pernas tremeram, um monte de coisa passou pela minha cabeça, fiquei imaginando o Thomas tentando fazer com a minha irmã o que não tinha conseguido comigo."

Bruna tomou um gole do chope. Ficamos, eu e o Gordo, em silêncio, esperando a continuação da história.

"Pensei logo no pior: ele estava ameaçando minha irmã. Devia estar com a Clarice naquela hora, mas onde? Corri até o quarto dele. Bati com força na porta, várias vezes, ninguém atendeu. Saí pro jardim, nada, ninguém."

"Procurou na piscina?", o Gordo perguntou.

"Como você sabe que tem piscina na minha casa?"

"Saber mesmo eu só sei agora."

"Você é rica, é normal que tenha piscina em casa", expliquei.

"Sim, fui até a piscina, vasculhei cada canto do jardim, procurei no pomar. Você também sabia que temos um pomar?", ela perguntou ao Gordo.

"Outra coisa que acabo de saber. Daqui a pouco vou deduzir a cor do azulejo do banheiro do seu quarto."

"Azul. É azul, querido."

"Azulejo azul. Bonito, soa bem: azulejo azul", ele disse, olhando para o além.

"Eles estavam no pomar", falei, tentando tirar o Gordo do transe.

"Estavam. Thomas e Clarice, eu vi os dois, eles não me viram. Estavam lá, encostados numa árvore."

"Encostados? Os dois?"

"Isso mesmo."

Ela abaixou os olhos e disse:

"Estavam se beijando."

3

O celular do Gordo tocou. Ele pediu licença e foi atender lá fora.

"Você acha que sua irmã está envolvida no roubo do livro?"

Bruna chamou o garçom. Pensei que fosse pedir outro chope, mas ela me surpreendeu.

"Por favor, uma tônica."

Eu gostava de água tônica. Quando estava de ressaca. Com gelo e laranja. Aquelas afinidades – ela frequentar o mesmo bar que eu, gostar de chope com colarinho e de água tônica – estavam começando a me interessar. Bruna cruzou as pernas, o vestido subiu e num relance pude ver suas coxas torneadas, de quem faz academia. Queria ver como continuava o desenho, subindo pela cintura e depois, mas tive que me contentar com minha imaginação.

"É muito difícil, Miranda", ela disse, abaixando a cabeça.

Estava chorando. Coloquei minha mão no seu ombro e ela me abraçou. Não podia ver seu rosto, mas dava para saber que estava chorando. Senti seu perfume e a leve pressão dos seios no meu braço. Fiquei dividido, estava comovido e ao mesmo tempo sentia algo, digamos, menos nobre. E sabia que, se aquilo demorasse mais um pouco, a segunda sensação iria mandar a primeira para o quinto dos infernos.

"Chegou sua tônica", falei.

Quando ela se soltou de mim, o Gordo tinha acabado de voltar e se sentou novamente conosco.

"Amo minha irmã. Somos muito unidas, sempre fomos."

Ela levou a mão ao peito enquanto falava e a deixou ali, acentuando o contorno dos seios. Estava sem sutiã.

"Se você e Clarice são tão unidas, por que não perguntou a ela o que estava acontecendo?"

"Isso foi há três dias, na noite em que Thomas saiu de casa. É muito recente ainda, não sabia direito o que fazer, fiquei chocada e achei melhor esperar. E se ela estiver mesmo envolvida no roubo do livro, é melhor não saber que a vi com Thomas no jardim."

"Tem razão."

"Miranda, quero te pedir uma coisa, por isso vim falar com você. Não sei como dizer, não queria precisar dizer, afinal de contas é minha irmã, mas depois daquele dia não tenho mais nenhuma dúvida de que ela está se encontrando escondida com o Thomas. E estou com medo."

"Medo de quê?"

"Da reação do meu pai, se descobrir. A traição do Thomas foi um golpe muito duro pra ele, você não imagina quanto. Se souber que foi traído pela Clarice também, não sei o que pode acontecer, acho que ele não vai resistir."

"E o que você quer que eu faça?"

"Quero que investigue a Clarice. Ela pode te levar aonde o Thomas está. Mas meu pai não pode saber de nada, de nada mesmo, entendeu? Isso tem que ficar apenas entre nós dois. Quer dizer..."

"Nós três", o Gordo completou.

"Não vejo problema nenhum em atender ao seu pedido", falei, querendo parecer profissional.

"Ótimo."

"E não sabemos ainda se sua irmã tem mesmo culpa no cartório. Ela pode ser amante do Thomas ou apenas ter ficado com ele naquela noite. Isso não quer dizer que tenha participado do roubo."

"Tomara mesmo que Clarice não esteja envolvida. Pode ter sido apenas um impulso, essas coisas da idade, você sabe."

"Sei."

O Gordo entendeu o que eu quis dizer com aquele "sei". Lívia, minha ex-namorada, tinha quinze anos quando ficamos juntos pela primeira vez, oito anos atrás. Eu não queria pensar em Lívia, ainda mais com a visão estonteante das coxas de Bruna ao meu lado, cruzando as pernas.

Ela pegou o guardanapo e anotou alguma coisa.

"Toma", falou, me entregando o papel.

"O que é?"

"Clarice vai estar nesse endereço amanhã, às dez horas. Tem consulta marcada."

"Médico?"

"Cartomante."

"Sua irmã acredita nessas coisas?"

"Acredita."

"E você?"

"Não, claro que não. Isso é influência do meu pai, teve uma época em que ele consultava uma senhora, no Méier, ela jogava tarô e meu pai ia sempre lá."

"E por que não vai mais?"

"A mulher morreu. Estava andando pela rua e um homem caiu sobre ela. Parece que foi uma tentativa de suicídio, o cara pulou do décimo terceiro andar, ela estava passando e ele caiu em cima dela. Ficou todo quebrado, sobreviveu, mas a cartomante não."

"Que azar!", o Gordo comentou, se metendo na conversa.

"Clarice puxou ao meu pai. Nisso somos bem diferentes, não acredito em nada dessas coisas, é tudo charlatanismo."

"É verdade", o Gordo disse, "se essa cartomante fosse boa mesmo, teria previsto que o cara iria cair em cima dela e não passaria naquele lugar, naquela hora. Azarada ou incompetente?, eis a questão."

Bruna ignorou.

"Qual é o nome da cartomante da sua irmã?"

"Mercedes. Madame Mercedes."

Guardei o endereço na carteira.

"Deixa comigo."

Ela se levantou. Fiquei esperando um beijo no rosto de despedida. Bruna apenas me estendeu a mão, num gesto formal. O Gordo nem isso ganhou.

Antes de sair ainda disse:

"Já ia me esquecendo."

Tirou da bolsa uma foto e me deu. Era de um senhor gorducho, completamente calvo, vestindo um terno escuro. Mantinha a postura ereta, cabeça erguida.

"É o Thomas?"

"É."

Ao lado dele, o Mattos. Estavam de pé, com uma estante de livros ao fundo. Vendo os dois juntos, dava para perceber que Thomas não era alto. Estatura mediana.

Virei a foto e li o que estava escrito no verso: Vera. Rua das Oficinas, Engenho de Dentro.

"Vera é a irmã do Thomas. Meu pai deve ter te contado sobre essa irmã. Descobri que o nome dela é Vera e anotei o endereço pra você. Não sei o número, mas isso você pode descobrir sozinho."

Fiquei olhando a foto, enquanto Bruna se distanciava. Não queria cair na tentação de olhar seu corpo por trás. Não gosto de fazer isso, acompanhar com os olhos a bunda das mulheres depois que elas passam, acho grosseiro. Mas que deu vontade, isso deu.

"Quem era?"

"Hã?"

"Você saiu pra atender o telefone. Quem ligou?"

"Tem certeza de que é da sua conta?"

"A partir de agora tudo que você fizer é da minha conta. Estamos trabalhando juntos."

"Combinado. Quando você for se encontrar outra vez com a morena de olhos puxados, essa indiazinha maravilhosa que acabamos de conhecer, eu vou junto."

"Não."

"Então não tenho obrigação de dizer quem me ligou."

"Deve ter sido uma ligação importante pra você sair da mesa no meio da conversa com a Bruna."

"Foi um cliente. Queria saber se eu tenho um exemplar de *Silas Haslam: History of the Land Called Uqbar*. Ele leu aquele conto do Borges, "Tlön, Uqbar, Orbis Tertius", e no conto o narrador diz que esse livro pode ser encontrado na Bernard Quaritch. Primeiro o cliente me perguntou se essa livraria existe mesmo."

"E existe?"

"A livraria existe, fica em Londres e é uma referência em obras raras. O que não existe é o livro."

"Seu cliente não desconfiou disso, de que Borges inventou esse livro?"

"Pra você ver. Desconfiou do que é real e acreditou no que é ficção."

"E seus clientes são sempre assim, ligam de noite pra perguntar se você tem um livro que não existe?"

"Eu não sou apenas um livreiro, meu caro. Uma vez uma senhora me ligou às duas da madrugada. Estava lendo *Cidade de vidro*, do Paul Auster, e quando chegou no final do livro descobriu que estavam faltando páginas. Ela me ligou desesperada porque sabia que não conseguiria dormir sem ler o final."

"E você fez o quê?"

"Saí da cama, desci, abri a livraria e separei o livro. Pouco depois ela passou por lá."

"Caramba!"

"Entendeu agora? Eu *cuido* dos meus clientes. Converso com eles, consigo livros que não tenho no estoque, oriento. Estou sempre de plantão, 24 horas por dia. Agora me conta o que a filha do Mattos conversou com você."

"O mais importante foi o que você ouviu quando chegou."

"Ela quer que a gente siga a irmã."

"O que você acha disso?"

"Vou te falar uma coisa, meu amigo: quando duas mulheres se juntam, a encrenca é quase certa. E se forem duas irmãs, esqueça o quase."

"Você acha que ela está mentindo?"

"Sobre o quê?"

"Sobre Clarice ter um caso com o mordomo."

"Talvez, não dá pra saber ainda. Mas não tem problema, vamos acabar descobrindo, mais cedo ou mais tarde."

"Espero que seja mais cedo. O Mattos me deu um prazo pra trazer o livro de volta: uma semana."

"Uma semana? Só? Você não tinha dito isso."

"Ele me deu cinco mil reais de adiantamento e o restante vou receber quando encontrar o livro."

"Cinco mil. Nada mal. E vocês assinaram um contrato, claro."

"Contrato?"

"É, contrato, preto no branco."

"Ninguém faz contrato com essas coisas. Já leu isso em algum romance? Lembra do Sam Spade assinando contrato?"

"Isso foi antigamente, na época em que se podia confiar nas pessoas."

"Sam Spade viveu na época do Al Capone, Gordo!"

"Viveu é força de expressão. Era um personagem."

"Você entendeu."

"Tudo bem, que seja na confiança. Eu acredito no velho."

"Você nem o conhece."

"Não precisa, sei logo quando a pessoa é falsa ou não. Ele não é falso, acredita mesmo que o livro traz sorte e quer de volta o presente que ganhou do pai. Não está mentindo."

"E o que vamos fazer? Por onde começamos?"

O celular do Gordo tocou novamente. Ele atendeu e combinou um encontro com a pessoa para o dia seguinte.

"Era um tal de Diego."

"Coisa boa?"

"Não sei ainda. Ele está de mudança e quer vender uns livros. Pediu pra eu ir ao apartamento dele dar uma olhada."

"Que tipo de livro?"
"Porcaria, na certa."
"E você vai assim mesmo?"
"Vou. Sempre se pode garimpar alguma coisa."
"Quem sabe o livro do Mattos não está lá?"
"Seria sorte demais. Isso não acontece na vida real."

4

Faltavam quinze minutos para as dez quando cheguei ao bar na Rua dos Artistas. Eu gostava daquela rua, em Vila Isabel. Lembrava uma cidade do interior. Antigamente a região se chamava Aldeia Campista. O nome tinha a ver, parecia mesmo ter sido algum dia uma aldeia, um povoado qualquer.

Sentei no bar e pedi água mineral. De onde estava podia observar a entrada do pequeno prédio de dois andares. Pouco depois das dez, um carro preto estacionou e dele desceu uma mulher. Vestia calça jeans bem justa, tênis e uma camiseta branca de malha. Usava óculos escuros e lenço na cabeça. Não dava para ver bem o rosto, tinha a pele morena e a mesma estatura de Bruna.

Se a mulher não queria chamar a atenção, errou feio no figurino. Não dava para ver quem era, os óculos e o lenço dificultavam a identificação, mas justamente por isso ficava claro que se tratava de alguém fazendo alguma coisa errada. Se eu não soubesse que se tratava de Clarice (só podia ser ela), diria que era uma mulher casada chegando sorrateiramente à casa do amante.

Vi quando tocou o interfone e foi logo atendida. Falou alguma coisa e o portão se abriu. O prédio não tinha porteiro. Era separado da rua por uma grade de ferro, que deixava ver do outro lado um jardim, o prédio e uma pequena área lateral. A moça entrou por essa lateral e logo depois sumiu do meu campo de visão.

Achei mais prudente esperar onde estava. Poderia tentar entrar no prédio, mas o que faria depois? Não iria simplesmente bater à porta da cartomante e pedir para falar com Clarice. Esperei.

Em cerca de uma hora ela saiu, do mesmo jeito que entrou, olhando para baixo e atravessando rapidamente a calçada até chegar ao carro.

Me levantei da mesa rapidamente. Um caminhão resolveu passar naquela hora e quando cheguei do outro lado da rua Clarice já dava partida e saía. Só pude anotar a placa do carro, de memória, e depois num guardanapo, de volta ao bar.

Sentei, terminei a água e fiquei pensando no que fazer.

Atravessei a rua. Pelo interfone, vi que o prédio tinha apenas oito apartamentos, quatro por andar. Fui tentando na sorte, procurando por Madame Mercedes. A única pessoa que me atendeu disse que não conhecia ninguém com esse nome. Continuei ligando para os outros e no último ouvi uma voz de mulher, uma senhora. Era ela.

Me apresentei como amigo de uma cliente, Clarice, e disse que gostaria de fazer uma consulta. Houve um instante de silêncio. Logo depois a cartomante respondeu que só atendia com hora marcada. Insisti, era um negócio urgente e poderia pagar por isso. Ouvi o barulhinho do portão eletrônico se abrindo, entrei.

Enquanto caminhava pela área do prédio, me lembrava de um conto que havia lido na escola, um conto do Machado, sobre uma cartomante. Tinha lido havia séculos, mas me lembrava perfeitamente da cena em que um cara sobe uma escada velha, sombria, antes de entrar na casa da cartomante. Fiquei imaginando se não me esperaria pela frente algo parecido.

Havia sim um lance de escada, quase tão escura como devia ser a do conto, mas em estado razoável. Subi devagar, ensaiando o que precisava dizer.

"Tenha a bondade", ela falou, me dando passagem, depois de ficar me olhando por um momento, nós dois em pé, à porta.

Foi a única vez em que de fato vi seus olhos, grandes, redondos, de uma cor indefinida, meio castanhos. Depois disso ela não me encarou mais, a não ser uma única vez, ao final da consulta. Era gorda, cabelos pintados de preto, rosto moreno, batom carmim exagerado. Usava um vestido largo, cor de abóbora, sem mangas, e um xale cobrindo os ombros. Assim que entramos pediu que eu me sentasse à mesa, uma pequena mesa redonda, forrada com toalha amarela. Sentou-se diante de mim.

"Qual é o seu nome?"
"Miranda."
"Miranda é sobrenome."
"Pode me chamar de Miranda. Todo mundo me chama assim."
"Até sua mãe?"
"Minha mãe morreu. E meu pai também."
"Ah."
Ela continuou embaralhando as cartas, sem me olhar de frente.
"Miranda, aquele que mira, que enxerga longe. Você trabalha em quê?"
"Em nada. Não trabalho", menti.
"Está desempregado?"
Deu vontade de perguntar o que ela ainda iria ler nas cartas se estava querendo saber tudo sobre a minha vida antes de começar a jogar. Assim era fácil ser cartomante. Não perguntei nada e também não respondi a sua pergunta.

"Então você é amigo da Clarice", ela falou, terminando de embaralhar as cartas e as ajeitando em leque sobre a mesa.
"Sou."
"Há quanto tempo vocês se conhecem?"
"Desde os tempos de colégio. Estudamos na mesma turma."
Tive a impressão de que ela sorriu.
"Então você também estudou na Suíça."
"Hum hum".
"Suíça. Deve ser um belo país. Você acredita que nunca viajei pro exterior? Também, com o que eu ganho, mal dá pra viajar pro Espírito Santo, de vez em quando, visitar minha mãe doente."

Ela se levantou, abriu um armário de parede, pegou um incenso e voltou à mesa. Ainda de pé, acendeu o incenso e logo depois uma vela já consumida pela metade. Apagou a luz da sala e finalmente sentou-se.

"Incomoda?", ela perguntou e eu fiquei sem saber se estava se referindo ao incenso, tem gente que não gosta, ou ao fato de a vela ter ficado muito perto de mim.

"Pode chegar mais pra lá um pouco a vela?"

"Claro. Tem medo de fogo?"

A pergunta veio num tom normal, sem nenhuma insinuação na voz, mas entendi como uma fala de duplo sentido.

"Escolha uma carta", ela disse, "vamos começar a ler o grande livro."

A cartomante sorriu, agora de verdade, sem deixar dúvidas. E não gostei nem um pouco daquele sorriso.

༶

Quando eu tinha oito, dez anos, havia uma senhora que dormia na calçada do meu prédio, em Copacabana. De dia ela perambulava pela cidade e quando chegava a noite se ajeitava ali, debaixo da marquise.

Minha mãe sempre lhe dava um prato de comida. Toda noite descia com o prato, esperava a velha terminar seu jantar e subia de volta. Uma das coisas de que me arrependo é nunca ter perguntado à minha mãe sobre o que elas conversavam. Agora não tenho como perguntar.

Um dia minha mãe não pôde descer e pediu que eu levasse o prato para a velha. Desci, entreguei o prato, fiquei olhando a velhota comer. Estava faminta e devorou a comida. Quando terminou, me entregou o prato vazio e sorriu, um sorriso largo, franco, e sem dentes.

Eu nunca tinha visto alguém tão banguela. Nada, nenhum dente naquela boca escancarada. Como conseguia comer se não tinha dentes? Fiquei assustado, ela riu mais ainda, parecia uma bruxa. Deixei o prato no chão e subi correndo, fui para o meu quarto, me enfiei debaixo das cobertas com a imagem daquele sorriso banguela na minha cabeça.

Madame Mercedes tinha dentes, dentes bons, mas mesmo assim seu sorriso me lembrou o da velha da minha infância. Não dava para sair correndo nem havia motivos, de qualquer forma aquele sorriso me despertou sensações desagradáveis. Vade-retro, falei comigo, já tinha vivido experiências terríveis no mundo das coisas visíveis, não iria me deixar levar pelos truques de uma canastrona.

Apontei com o dedo uma carta sobre a mesa.

"Pega a carta, rapaz, não precisa ter medo. Pega e vira pra mim."

Fiz o que ela pedia. Não sei dizer que carta era aquela, só sei que tinha uma figura desenhada, um homem vestido de palhaço pendurado de cabeça para baixo, e no alto da carta um algarismo romano: XII.

"Faz tempo que a Clarice se consulta com a senhora?"

Ela não deu a mínima para a pergunta.

"Outra carta, meu filho."

Virei outra, que ela colocou ao lado da primeira. Ficou olhando as cartas por um tempo e depois falou:

"Você anda preocupado demais. É muito moço pra esquentar tanto a cabeça. Problemas com dinheiro?"

"Um pouco."

"Foi o que eu disse, quer dizer, as cartas me disseram: problemas com dinheiro."

"A senhora não me respondeu. Sobre a Clarice."

"Mais uma carta, por favor."

Obedeci.

"Vejo uma mulher na sua vida. Uma jovem."

"De quantos anos?"

"Jovem. E gosta muito de você."

"É mesmo?"

"Mas há um grande obstáculo entre vocês. Ela é de uma família rica, tradicional, e os pais não concordam com o namoro. É isso que está te preocupando tanto, não é?"

"Mais ou menos."

Ela me olhou de soslaio. Tive a impressão de que olhava para as minhas bochechas. Corei. Não sei por que aconteceu, talvez porque tivesse a impressão de que estava mentindo mal, senti o rosto ardendo e pensei: dei mole.

"Esquece a Clarice, Miranda. Não vai dar certo. A vida é assim, injusta, mas é a vida."

"Clarice?"

"As portas do amor estão fechadas pra você. Se insistir vai sofrer muito. E tem outra coisa, deixa eu confirmar primeiro, sim, aqui está."

Madame Mercedes ficou olhando as cartas e cruzou as mãos sobre a mesa. Pude ver a tatuagem no dorso da mão esquerda. Ela percebeu que eu olhava para sua mão.

"Gosta?"

"Não dá pra ver direito."

Ela aproximou a mão do meu rosto.

"É São Jorge. Meu protetor."

"E a senhora precisa, sabendo tudo o que sabe, o futuro e tal, precisa de um protetor?"

"Todo mundo precisa."

Ela voltou a olhar para as cartas.

"Clarice não é quem você pensa."

"Ela está mentindo pra mim?"

"Não dá pra saber. Pode ser que esteja mentindo ou pode ser que esteja dizendo uma verdade que você entende de outro jeito. Só sei que ela não é quem você pensa que é."

Aquela conversa mole estava me irritando.

"A senhora não enxerga mais nada nessas cartas?"

"O que você queria que eu enxergasse?"

"Clarice não tem nenhum segredo? Sei lá, um livro."

Sem querer a cartomante esbarrou na vela. Conseguiu evitar que caísse sobre a mesa mas aquele gesto a traiu. Abaixei a cabeça, pensando em como arrancar alguma informação daquela raposa. Achei melhor entrar de sola.

"Eu tenho dinheiro, Madame. E se a senhora me ajudar vai ser melhor pra todo mundo."

Ela ficou calada. Depois recolheu devagar as cartas, levantou-se e acendeu a luz da sala. Parecia ofendida. Levantei-me e fui até ela.

"Escuta, eu não quis ofender, talvez a senhora tenha me entendido mal."

"Quinhentos reais", ela disse, de costas para mim.

Era um roubo, assalto à mão armada, mas eu tinha dito que poderia pagar. Retirei as notas da carteira e coloquei sobre a mesa. Ela apagou a vela, apanhou o dinheiro e o colocou debaixo de uma imagem de São Jorge, na estante.

Foi então que me olhou, bem dentro dos olhos, e percebi que aquela cartomante de araque sabia muito mais do que havia me contado.

"A senhora não quer continuar a conversa? Posso pagar outra consulta."

"Não, agora não. Volta amanhã, nesse mesmo horário. Quem sabe as cartas estejam mais favoráveis, não é?"

"Espero que sim", falei, antes de sair.

Percebi que Madame Mercedes me observava enquanto eu andava pelo corredor. Quando estava pisando o primeiro degrau da escada, ela me chamou. Virei o rosto na sua direção.

"Cuidado, está escuro."

E fechou a porta.

⸙

Eu havia encontrado uma pista, Madame Mercedes tinha topado colaborar. Ela se fez de ofendida, mas quando me cobrou quinhentos reais por uma consulta de meia hora ficou claro que entendera minha proposta. Aqueles quinhentos reais poderiam ser lidos como: vou ajudar você, volte amanhã com mais grana. No entanto, saí do prédio com uma impressão ruim.

Bobagem, André, falei para mim mesmo, acho que em voz baixa (não tenho certeza, o Gordo me contou uma vez que me viu falando sozinho pela rua, então não sei se falei alto ou não).

Bobagem, repeti, você está impressionado, essa velha maluca fez você se lembrar da outra, a banguela, para de sofrer à toa.

Passava um pouco de meio-dia e minha ideia era pegar o metrô, descer na Central e dali tomar o trem até a estação do Engenho de Dentro. Iria ao endereço escrito no verso da foto que Bruna havia me dado. Vera, Rua das Oficinas.

Acabei mudando de planos, precisava arejar um pouco a cabeça, digerir melhor aquele encontro com Madame Mercedes antes de ir atrás de outra pista. Melhor voltar para casa. Andei até a Saens Peña e entrei no metrô, com a intenção de descer em Copacabana. No meio do caminho tive um rompante e saltei na Carioca.

Um cara vestido com o uniforme da seleção brasileira fazia embaixadinhas com uma bola de tênis. Era bom o sujeito, em volta dele tinha um monte de gente sem mais o que fazer, assistindo.

Noutras circunstâncias eu teria me juntado a eles, gosto desses malucos do Largo da Carioca, dia desses vi uma mulher gorda atarraxada dentro de um vestido de oncinha e fazendo graça com uma cobra de verdade. Quer dizer, devia ser de verdade, ninguém chegou perto para conferir.

Caminhei até os Arcos, cheguei diante deles pensando naquela conversa: quem passa debaixo do arco-íris muda de sexo. Será que funcionava para outros arcos, sem ser o arco-íris? Será que quem passa sob os Arcos da Lapa também muda de sexo, só que não descobre na hora, só um tempo depois? Atravessei os Arcos com certa hesitação. Não aconteceu nada, pelo menos não aparentemente.

Entrei na Rua do Lavradio e fui até quase o final, onde ficava a livraria. O Gordo manteve a arquitetura original do sobrado, a mesma dos antiquários espalhados naquela área. A livraria é mais comprida do que larga, com o pé-direito alto. Não é muito grande. Ao fundo fica um balcão, com dois bancos de madeira, desses de bar. Tem sempre algum freguês desocupado que entra, senta ali e fica batendo papo com o Gordo, às vezes bebendo uma cerveja, que ele guarda num frigobar ao lado da mesa de trabalho.

Quando entrei não havia ninguém, só mesmo o Gordo, de pé atrás do balcão, lendo um livro. A livraria tem uma iluminação suave, com uma luminária antiga pendendo do teto e outras duas, menores, pouco acima das estantes. É um ambiente aconchegante, silencioso, entrar ali sempre me acalma. Naquele cenário, a imagem do Gordo, lendo serenamente seu livro, me pareceu de extrema delicadeza. Por pouco não dei meia volta e saí para não estragar a cena.

Infelizmente eu não podia me dar esse luxo. Precisava trabalhar.

"Olá, tem alguém em casa?"

Ele levantou a cabeça num sobressalto.

"Rapaz, você salvou a minha vida!"

"É mesmo?"

"O assassino, um cara mau, muito mau, tinha a arma apontada pra mim! Isso não se faz com um pobre e honesto livreiro, não mesmo!"

Tirei o livro das mãos dele. Um romance do Rex Stout.

"Não seria para o Nero Wolfe?"

"Era como se fosse eu!"

"Você não deveria se envolver tanto na leitura, deveria ter mais distanciamento."

"Deveria ter mais distanciamento de você, isso sim."

Devolvi o romance do Stout. O Gordo marcou a página e fechou o livro.

"Você sabe que me identifico com o Nero Wolfe."

"Só porque ele é gordo, comilão e preguiçoso?"

"Não é por isso."

"Esqueci, ele também é chegado numa cervejinha."

"Não. O que realmente me liga ao Nero Wolfe é o método. Não saio por aí enfrentando bandidos, pra isso existe a polícia. Eu penso, André, eu raciocino. Enquanto você corre a cidade atrás de cartomantes, eu exercito minha massa cinzenta, como diria Poirot."

"Então pode continuar o exercício. Volto depois."

"De jeito nenhum. Você não veio aqui só pra salvar a minha vida. Deve ter notícias quentes da cartomante."

"Pensei que não estivesse interessado nas minhas andanças pela cidade."

"Somos uma dupla. Você precisa do meu cérebro e eu das suas informações."

"Troco seu cérebro por uma cerveja gelada e um bom almoço."

As estantes da livraria não ficam coladas nas paredes, há um espaço em que a pessoa pode circular, vendo os livros. Achei que não houvesse mais ninguém ali e me sai um rapaz magérrimo, um palito ambulante. Embora jovem, parecia envelhecido, a pele amarelada, de quem não toma sol. Chegou até o balcão e colocou à frente do Gordo uma edição comentada do *Ulisses*, de Joyce. Fiquei me perguntando se o garoto teria forças para carregar aquele livro até em casa. Devia pesar mais do que ele.

"Pra passar o tempo. Não tenho nada pra fazer hoje à tarde, preciso me divertir um pouco", disse, abrindo um sorriso de dentes podres.

O Gordo sorriu também, simpático, fingindo que estava tudo normal. Devia estar habituado, só aparecia gente estranha por lá.

Depois que o cliente se foi, o Gordo caminhou comigo até a porta. Saímos, ele trancou a livraria e pendurou uma plaqueta: VOLTO LOGO, CONTROLE SUA ANSIEDADE.

"Que droga de placa é essa?"

"Não gostou ou não entendeu?"

"As duas coisas."

"Se tivesse entendido talvez gostasse."

"Se você explicar vou entender."

"Conheço minha clientela. A maior parte é de leitores compulsivos. Só vem nessa porcaria quem é viciado em leitura, ainda mais na hora do almoço."

"Você escreveu a placa para um leitor compulsivo."

"Viu? Eu disse que ia gostar quando entendesse."

"Não disse que gostei."

"Está escrito no seu rosto."

"No meu rosto só está escrito: estou com fome."
"É, isso dá pra ler também."

※

Caminhamos pela Rua da Lavradio e pegamos a Mem de Sá. Ele entrou numa ruazinha à esquerda e parou na frente de um boteco vagabundo, um pé-sujo de quinta categoria (entenda-se: quinta categoria entre os botecos pés-sujos).

"Tem uma mesa aí, irmão?"

O garçom, um garoto franzino, abriu um sorriso maroto e fez um gesto de garçom de restaurante chique, o corpo ereto, empertigado, indicando com os braços uma mesa no canto.

Sentamos, o garoto voltou com uma toalha de pano, branca, alvíssima, e a colocou sobre a mesa.

"Viu?", o Gordo me perguntou, "toalha de pano, como nos velhos tempos."

A toalha era talvez a única coisa realmente limpa naquele boteco. Chegava a fazer contraste com as paredes cheias de manchas escuras, a pintura descascando.

"Uma cerveja, irmãozinho. A de sempre. E dois pratos do dia, por favor."

Quando o garçom saiu, cutuquei o Gordo.

"Muito obrigado por ter me convidado pra almoçar. Você deve estar podendo mesmo, pra me trazer num restaurante fino desses."

"Não foi por ser barato que te trouxe aqui."

"E foi por quê, então?"

"Você vai ver. Enquanto isso, me conta da cartomante. Ela previu seu futuro?"

"De certa forma, sim. Ela previu que eu vou estar na casa dela amanhã, às dez."

"Já é alguma coisa."

"A mulher sabe sobre a Clarice. Deu a entender que é pra eu voltar amanhã com mais dinheiro, e ela me conta o resto."

Quando o garçom voltou com a cerveja, trouxe duas tulipas diferentes, um pouco mais altas do que o normal, e muito finas. Serviu a cerveja e saiu novamente.

"O que é isso? Essas tulipas são de cristal?"

"Mais ou menos. Agora me responde: onde é que você consegue tomar cerveja gelada em tulipa de cristal, ou quase cristal, numa mesa com toalha branca, limpa e bem passada, pagando uma merreca?"

Notei que nas outras mesas as pessoas bebiam cerveja em copo comum, de vidro, numa delas vi um desses copos de requeijão cremoso. E não havia toalhas.

"Você vai me explicar o que está acontecendo ou vou ter de perguntar?"

"Eu gosto daqui. É tranquilo, te tratam bem, a cerveja está sempre gelada e a comida é ótima. Simples, caseira, bem temperada. Um dia eu estava passando pela Saara e vi essas tulipas, em promoção. Comprei duas, trouxe pra cá e deixei com o dono. Almoço aqui e ele guarda as tulipas pra mim."

"Por que duas? Por que não comprou só uma?"

"Porque penso nos amigos."

"Ou porque uma poderia quebrar."

"Não seja mal-agradecido."

"E a toalha?"

"Comprei também. Não ia colocar minhas tulipas numa mesa de lata, convenhamos!"

"E o dono do boteco lava e passa a toalha pra você?"

"Dou uns trocados a mais na hora de pagar a conta. E almoço aqui todos os dias. Um acordo de cavalheiros, digamos."

"Sairia mais barato você almoçar num restaurante de verdade."

"Não seria a mesma coisa."

Bebemos em silêncio, apreciando aquela cerveja geladíssima, servida em tulipas mais ou menos de cristal, num pé-sujo do centro do Rio de Janeiro.

"Afinal, o que você conseguiu arrancar da cartomante?"

"Pouca coisa. Fiquei sabendo que Clarice é cliente dela, não foi a primeira vez que esteve lá. A tal Madame Mercedes sabe quem ela é, que estudou na Suíça e vem de uma família tradicional. Sei também que ela frequenta escondida a casa da cartomante."

"Não pegaria bem pra uma mulher como a Clarice ser vista na casa de uma cartomante. Se a velha pelo menos fosse famosa..."

"Como você sabe que ela é velha? Eu não disse isso."

"Você já viu alguma cartomante nova?"

"Nem nova nem velha. Nunca tinha ido a uma cartomante."

"Cartomante tem que ser velha. É preciso maturidade, experiência de vida pra exercer o ofício. Não basta saber ler as cartas, tem que saber ler os clientes. Aliás, é muito mais importante ler os clientes do que as cartas. Cartomante jovem é uma contradição em termos, um erro imperdoável. Eu jamais consultaria uma cartomante com menos de setenta anos."

"Ouvi dizer que tem homens também. Homens que jogam cartas."

"Velhos?"

"Sei lá."

"Se for velho, tudo bem, pode ser. Se bem que homem combina mais com pai de santo. Cartomante tem que ser mulher. E velha."

Chegaram os pratos. A aparência era boa.

"Experimenta."

Fiquei olhando a fumaça sair do arroz branco soltinho e do feijão preto, acompanhados de salada de tomate e de uma pequena bandeja com dois bifes acebolados. Digam o que quiserem, aquilo era um banquete de primeira.

"A cartomante só deixou escapar isso", falei, enquanto salpicava de leve sobre o bife um molho de pimenta, sublime, que devia estar naquele vidro há séculos.

"Sabe o que eu acho? Não me leve a mal, André, sei que você fez um bom trabalho, mas acho que ela ficou sabendo mais de você do que você dela."

"E daí? Não tenho nada a esconder, a velha que fique sabendo da minha vida, qual o problema?"

"Toda a sua vida?"

"Não, não precisa exagerar."

Comemos. E pedimos, claro, outra cerveja.

"Qual é o próximo passo? Você vai ficar de papo pro ar até amanhã de manhã?"

"Não. Estou pensando em ir a um lugar logo mais. E quero que você vá comigo."

"Depende. Onde é?"

"Engenho de Dentro."

"Tem jogo do Botafogo hoje?"

"Presta atenção, Gordo, para de comer e me ouve direito. Quem disse que é pra ir ao Engenhão? Você acha que eu ia te chamar pra assistir ao jogo do meu time? Falei Engenho de Dentro, o bairro, entendeu?"

"Ah bom, pensei que você estivesse me confundindo com outra pessoa."

O Gordo é vascaíno.

"Se bem que a rua é ao lado do estádio."

"Sem problemas, não tenho nada contra o estádio."

"Então vamos? Depois do almoço?"

"E a livraria? Esqueceu que sou um empresário? Não posso deixar meu negócio assim, entregue às traças. Aliás, traças mesmo", ele disse e bateu na mesa, dando uma gargalhada.

"Deixa as traças fazerem uma festinha hoje à tarde. É importante, a irmã do Thomas mora no Engenho de Dentro."

"Não vai dar. Marquei com aquele cara, o que me ligou dizendo que tinha uns livros pra vender, lembra?"

"Vai demorar?"

"Não sei, depende do lote de livros."

"Eu te ajudo. E depois você vai comigo."

Ele concordou.

"Precisamos passar primeiro na livraria pra eu tirar a placa."

"Tirar a placa? Você não tem medo?"

"Do quê?"

"Sei lá, da reação dos seus clientes. Fico imaginando dezenas de leitores compulsivos roendo as unhas, arrancando os cabelos e dando murros na parede quando souberem que você não vai abrir a livraria à tarde."

"Se continuar de sacanagem não pago a conta."

∽

Antes de sair, o Gordo fez questão de cumprimentar o garçom, o dono do boteco e a cozinheira. Fiquei me perguntando se fazia aquilo todo dia ou se queria apenas me impressionar.

"Onde o cara mora?"

"É aqui perto, dá pra ir a pé."

Fomos até a livraria. O Gordo tirou a placa e fechou tudo. Depois tirou da carteira um papelzinho e leu:

"Rua da Relação, 39. Apartamento 102. Vamos ver o que esse Diego tem pra nos mostrar."

Caminhamos sem conversar muito. O Gordo andava devagar e isso era bom, eu precisava mesmo de uma coisa assim, caminhar em silêncio, só observando as lojas de antiguidades, o casario antigo da Rua do Lavradio. Caminhar me ajuda a pensar, resolvi alguns problemas da minha vida enquanto caminhava. *Solvitur ambulando*, como disse Diógenes, eu acho.

Só quando entramos na Mem de Sá perguntei:

"Como você escolhe os livros que vai comprar?"

"Meu Deus, já ia me esquecendo: você é um amador. Não vai dar certo."

"É só me dar umas dicas."

"Dicas? Ser livreiro é uma arte, não adianta te dar dicas. Tem que ter vocação, entendeu?"

"Não estou pedindo pra você me ensinar a ser um livreiro, só perguntei por curiosidade."

"O básico: o livro tem que estar em bom estado. Não pode ter capa rasgada, manchada de gordura ou coisa assim. Não pode ter páginas faltando e, de preferência, sem nada escrito nele."

"Nem o nome do dono ou uma declaração de amor melosa ou uma daquelas frases do tipo dinheiro não traz felicidade? Já vi livros desse tipo em sebo."

"Eu não tenho um sebo, tenho um comércio de livros usados."

"Certo, o livro tem que estar bonitinho. E o que mais?"

"Pode ter uma coisa escrita sim: o autógrafo. Se o exemplar estiver autografado pelo autor, vale mais. E também se o exemplar for de uma edição de pouca tiragem, ou uma primeira edição. Se o autor já tiver morrido, melhor ainda, autor morto é ótimo. E tradução vale menos, melhor se o livro estiver no idioma original."

"Você vai comprar livros usados ou livros raros?"

"Faz o seguinte, André. Fica quieto no seu canto e me deixa fazer o meu trabalho. Se não atrapalhar já vai estar ajudando muito."

Chegamos à Rua da Relação. Foi fácil encontrar o número. Era um prédio misto, como muitos no centro do Rio, em que convivem amigavelmente, às vezes, apartamentos para moradia com outros para consultórios médicos, dentários ou, em alguns casos, pequenos comércios de roupas ou de aparelhos eletrônicos.

O Gordo tocou o interfone, o próprio Diego atendeu. Subimos. Entramos num apartamento pequeno, um quarto e sala quase sem mobília. Quente, muito quente. A única janela dava para a rua e ficava difícil saber o que era pior, o calor ou o barulho.

"Desculpem, o ar está pifado. Vocês querem água, cerveja?"

Diego era mais velho que nós, mas parecia em boa forma. Cinquenta anos, chutei. Alto, magro, cabelos longos e grisalhos, presos num rabo de cavalo. Uma cara boa, de quem não se preocupa muito na vida. Vestia bermuda, chinelos franciscanos e uma camisa larga, de manga curta.

Aceitamos a cerveja. Ele trouxe uma garrafa e três copos.

"Você trabalha em quê?", o Gordo perguntou.

"Sou professor. De química. Mas minha grande paixão é a literatura. Deveria ter feito Letras, mas acabei seguindo outros rumos."

"É, a vida tem dessas coisas", o Gordo comentou.

"Eu não queria me desfazer dos livros", ele disse, apontando para uma estante fixada na parede.

"Você está vendendo todos?"

"Sim. Os que vão ficar comigo já separei. Estou de mudança pra um apartamento menor, não vai dar pra levar tudo."

De onde estava eu podia ver parte do quarto e a ponta de um colchonete estendido no chão.

"Por um lado é até bom", ele continuou, "a gente não deve ter apego aos livros enquanto objetos. É difícil se desfazer de um livro, mas acho importante, não sei. Na verdade, eu jamais seria um bibliófilo."

Olhei para o Gordo e meus olhos disseram: fecha essa boca tagarela, não começa!

"Que coincidência", o Gordo disse.

"Coincidência? Por quê?"

"Estamos investigando um caso. E tem um bibliófilo no meio."

Diego se assustou.

"Vocês são detetives? Achei que fossem livreiros."

Fuzilei o Gordo com os olhos.

"Eu sou livreiro. E assistente dele nas horas vagas", o Gordo falou.

Diego se virou para mim:

"Então você é detetive."

Fiz que sim com a cabeça.

"Da polícia?"

"Não, particular."

"Estamos investigando um caso de roubo de livro. Alguém roubou um exemplar raríssimo da casa de um bibliófilo. O meu amigo aí é meio enjoado com essas coisas, não gosta de comentar com ninguém, mas é casinho à toa, a gente resolve rápido."

Diego ainda estava um pouco desconfiado. Terminou de servir a cerveja.

"Que livro é?"

"Uma primeira edição do *Histórias extraordinárias*, de Poe."

"Sério? Sou fã do Poe."

Olhei para o Gordo, apontando um relógio imaginário no meu pulso. Se ele continuasse naquela lenga-lenga, ficaria tarde para irmos atrás da irmã do Thomas. O problema era que a cerveja estava gelada, Diego parecia um cara bacana, e o assunto, bem, o assunto era Poe.

Deixei os dois e fui até a janela ver a rua. Estavam fazendo obras em frente, daí a barulheira infernal. Na esquina ficava uma delegacia. Um policial, encostado num carro, olhou para mim.

"De qual conto você mais gosta no *Histórias extraordinárias*?", Diego perguntou, sentando-se num tamborete e pegando outro para o Gordo, que preferiu continuar de pé.

"'Assassinatos da Rua Morgue'", ele respondeu.

"É um conto importante, sem dúvida, do ponto de vista da história da ficção policial, mas não é o meu preferido. Há informações demais e não gosto muito do desfecho. Prefiro a concisão e a originalidade de 'William Wilson'."

"Também gosto de 'William Wilson', mas não sei se o tema do duplo é algo tão original assim, em pleno século XIX."

Aquilo ia longe.

"Não está na hora de você dar uma olhada nos livros, Gordo?"

"Lógico, os livros."

"Fique à vontade. Pode usar essas caixas, se quiser."

Diego colocou perto do Gordo algumas caixas de papelão vazias.

Enquanto meu amigo avaliava os livros, Diego serviu meu copo, puxando assunto.

"Deve ser interessante ser detetive particular."

"Nem tanto."

"Desculpe, qual é mesmo o seu nome?"

"André. André Miranda. As pessoas me conhecem mais como Miranda."

"Miranda. Bom nome pra um detetive. Você já tem alguma pista, Miranda?"

Tomei minha cerveja e voltei à janela. Não ia deixar o Diego sem resposta, seria falta de educação, mas não estava a fim de falar com ele sobre o caso.

"Poucas."

"Tudo indica que o culpado é um tal de Thomas, ex-mordomo do dono do livro, um bibliófilo chamado Mattos", o Gordo disse.

Minha vontade era arremessar o copo na cabeça dele.

"O culpado é sempre o mordomo", Diego falou, sorrindo.

"E tem também a filha do Mattos. O Miranda suspeita dela."

"É mesmo? Por quê?"

Esvaziei meu copo.

"Falta muito, Gordo?"

"Mal comecei."

"Anda logo com isso."

Diego colocou a mão no meu ombro.

"Desculpe, sei que você não quer falar sobre o seu trabalho, eu entendo. Só queria ajudar, não sou detetive, mas já li muitas histórias policiais."

"Nós também. E não está adiantando."

Me despedi e fui saindo.

"Te espero lá embaixo, Gordo, não demora. Obrigado pela cerveja, Diego."

"De nada."

Desci, fui até o boteco da esquina e pedi um café. Meia hora depois o Gordo desceu, de mãos vazias.

⁂

"Demorei?", ele perguntou, antes de pedir um café.

"Você ficou esse tempo todo lá em cima e não comprou nada?"

"Comprei duas caixas."

"E onde estão?"

"Você não disse que estava com pressa? Achei melhor deixar tudo aqui. O Diego ficou de levar as caixas pra mim na livraria."

"Alguém já disse que você fala demais, Gordo?"

"Só você. Aliás, a única coisa que não deveria ter sido dita lá em cima saiu da sua boca."

"Da minha?!"

"Quem foi que disse que seu nome é André?"

"Isso não tem importância nenhuma."

"Não? E se o Diego fosse amigo do verdadeiro Miranda?"
"Se fosse teria dito."
"Eu sei que não é, mas poderia ser. E se fosse mesmo, você teria metido a gente numa bela encrenca."

Ele estava com a razão. Mas eu não iria reconhecer isso.

5

Entramos no metrô da Carioca e descemos na Central do Brasil.
Toda vez que entro na Central penso na personagem da Fernanda Montenegro naquele filme. Imagino ela sentada num banquinho, diante da mesa, escrevendo cartas sob encomenda. Era um trabalho duro. Ela vivia das cartas que escrevia, assim como Madame Mercedes vive das cartas que lê. São mulheres diferentes, com trabalhos diferentes, até as cartas, óbvio, são diferentes, mas foi o que pensei.

Dali fui emendando um pensamento no outro e, quando me dei conta, o Gordo estava colocando o cartão magnético na minha mão e eu passava a roleta para pegar o trem.

Fomos até a plataforma.

"É a 8", ele disse.

Gosto de andar de trem. Dependendo da hora é um inferno, quente, cheio, mas gosto quando está vazio e dá para sentar e ficar vendo pela janela a cidade passando do lado de fora, a cidade antiga principalmente, com imagens que não dá para você ver do carro, do ônibus, só mesmo do trem.

"Sabia que agora você pode entrar no trem de bicicleta, como se estivesse na Europa?", o Gordo perguntou.

"É?"

"Só aos domingos, sábado e dia de semana, não."

"Hum."

"No que você está pensando?"

"Achei que só minha namorada perguntasse isso."

"Você não tem namorada. Quer dizer, a Ana é sua namorada?"

"Estou pensando numa coisa que a cartomante falou."
"O que foi?"
"Que Clarice não é quem eu penso que é."
"Até eu poderia ter dito uma coisa dessas. Nenhuma mulher é o que a gente pensa que ela é. Mulher é que nem futebol: uma caixinha de surpresas."
"E de qual você gosta mais, Gordo? Futebol ou mulher?"
"Chegamos. Não vai dar tempo de responder."

Leva uns quinze minutos para ir da Central até a estação do Engenho de Dentro. No fundo, gostaria que a viagem tivesse sido um pouco mais longa. Sentia que estava seguindo o fio de um raciocínio, algo me dizia que estava prestes a deduzir uma coisa importante da minha conversa com Madame Mercedes. Descer do trem, subir as escadas, sair da estação, tudo isso acabou me desconcentrando.

Contornamos o Engenhão, até a Rua das Oficinas. É uma rua de casas baixas, nos dias de jogo alguns moradores vendem cerveja, água, refrigerante, pela janela que dá para a rua. A janela se transforma numa espécie de balcão e as casas viram pequenos bares improvisados.

"Qual é o plano?", o Gordo perguntou, assim que chegamos à Rua das Oficinas.

"Vamos perguntar. A rua é pequena, algum vizinho deve conhecer essa tal de Vera."

"Olha aquilo."

O Gordo apontou para o outro lado da calçada. Uma casa com a janela e a porta abertas. Pela porta se via uma televisão gigante, mostrando um show de banda de jazz, o volume altíssimo. À janela, de frente para a televisão e de lado para a rua, um homem gordo, moreno, careca, martelava sapatos.

Ficamos parados na calçada, admirando a cena. Era um sapateiro à moda antiga, vestindo uma camisa do Botafogo (a clássica, de listas brancas e pretas e gola polo), ouvindo jazz numa rua de subúrbio, diante de uma televisão de plasma que devia ter custado caro.

O sapateiro percebeu que alguém olhava para ele e virou o rosto na nossa direção. Ficamos os três assim, parados, nós dois na calçada, o sapateiro do outro lado, o jazz na maior altura fazendo fundo musical para uma cena muito louca.

Atravessamos a rua.

"Boa-tarde."

Ele retribuiu com um movimento de cabeça, me olhando desconfiado.

"Será que a gente poderia conversar um pouco com o senhor?", perguntei, quase gritando.

Ele conseguiu alcançar o controle remoto num canto qualquer da mesa, entre sapatos, tiras de couro, colas, ferramentas. Diminuiu o volume da televisão.

"Desculpe, o senhor conhece uma senhora chamada Vera, que mora nessa rua?"

"O que vocês querem com ela?"

"Estamos procurando notícias do irmão dela, o Thomas."

"E por que não foram na casa dele?"

"Ele sumiu."

O sapateiro ficou um tempo olhando para mim, depois para o Gordo. Reparei que a camisa dele era uma réplica da camisa do Botafogo usada na época do Garrincha.

"Bacana a camisa", o Gordo comentou, tentando ser simpático.

"Essa você não compra na loja. É só pra diretoria", ele respondeu, um pouco mais à vontade.

Pensei comigo: mentira. Qualquer um poderia comprar uma camisa daquelas, era só ter dinheiro.

"Vera", ele gritou, para dentro da casa.

O Gordo olhou para mim, sem esconder o espanto. Tínhamos acertado na mosca!

Pouco depois apareceu uma senhora. Mirrada, os olhos fundos, devia ter mais de setenta anos e andava curvada, apoiada numa bengala. Perguntou o que queríamos. Quando eu disse o nome do Thomas ela fez uma cara nada agradável.

"Vieram trazer o meu dinheiro?"

Era uma pergunta sem lógica nenhuma. Eu disse que estávamos ali procurando informações sobre o irmão dela, não falei nada de dinheiro.

"Sim. Também", o Gordo respondeu, pensando rápido.

Ela fez um gesto com a mão, nos convidando para entrar. Atravessamos a sala e a acompanhamos até o quintal. Sob a sombra de uma mangueira, havia uma mesa e quatro bancos feitos de tronco de árvore. Sentamos os três.

"Cadê o dinheiro?", ela perguntou, sem mais delongas.

"De que dinheiro exatamente a senhora está falando, Dona Vera?"

"O que vocês vieram trazer pra mim."

"Na verdade, não viemos trazer nenhum dinheiro. Mas podemos oferecer algum, se a senhora ajudar a gente."

A velhota olhou para baixo por um tempo. Achei que tivesse dormido no meio da conversa. Quando já ia despertá-la, Dona Vera levantou o rosto e disse, a voz firme:

"Não gosto do meu irmão."

Ficamos esperando. Tudo indicava que estávamos prestes a ouvir uma confissão qualquer, um caso de família.

"Ele está me devendo. Ontem passou aqui e não me pagou."

"O Thomas esteve aqui ontem? A senhora sabe onde ele está, pra onde foi?"

"Não. Ele só veio dizer que vai me pagar semana que vem. Eu não acredito. Quando estiver com o dinheiro na mão vai gastar tudo no jogo."

"Que jogo?"

"Pôquer. Ele aposta alto. E está sempre perdendo, o imbecil."

"A dívida que ele tem com a senhora é dívida de jogo?"

"Ele me pediu emprestado pra pagar uma dívida de jogo. O pessoal estava em cima dele, cobrando, disse que ia matar ele se não pagasse. Eu fui burra e emprestei. Fiquei com dó, sou uma burra mesmo."

O Gordo piscou para mim. Tirei a carteira, coloquei uma nota de cem reais sobre a mesa. Ela pegou e guardou no bolso do vestido, sem dizer nada.

"A senhora não sabe mesmo onde ele está?"

"Não."

Coloquei outra nota de cem sobre a mesa.

"Vocês são da polícia?"

"Não, trabalhamos pro senhor Mattos. O Thomas sumiu de casa e o senhor Mattos ficou preocupado. Ele contratou a gente pra encontrar o Thomas. É só isso."

"Não quero confusão com a polícia."

"Não vai ter, prometo."

"O Thomas deve estar na casa da namorada", ela falou, apanhando a nota e guardando junto com a outra.

"A senhora conhece a namorada dele?"

"Ela veio aqui uma vez. É muito jovem e bonita. Meu irmão é um tarado, sempre achei."

"Qual o nome dela, a senhora sabe?"

"Clarice. É o mesmo nome de uma afilhada minha, por isso gravei. Clarice."

Olhei para o Gordo. Ele mantinha os olhos fixos na velha.

"O Thomas deve estar escondido na casa da Clarice", ela completou.

"A Clarice é filha do senhor Mattos e mora com o pai. Logo, o Thomas não está lá."

A velha deu de ombros.

"É só o que eu sei."

"Que dia ele ficou de voltar aqui, Dona Vera?"

"Não falou o dia. Só falou semana que vem."

O Gordo tirou da carteira um cartão da livraria. Anotou meu nome e meu celular no verso e o entregou à mulher.

"Guarda isso, tia."

"Não sou sua tia. Não tenho sobrinho gordo desse jeito."

"Mas seu marido não é lá muito magrinho", ele devolveu.

"Ele não é meu marido."

"É o que então?"

"Sapateiro."

"Deu pra ver. Mas o que o sapateiro é da senhora?"

"Não interessa."

Me levantei e dei um toque no Gordo, que se levantou também. Nos despedimos. Ao passar pela sala a música era outra, saíra a banda de jazz e entrara uma outra, de rock. Não entendo nada de rock, nem de jazz, a única coisa que eu sabia era que aquele sapateiro ou era ou ia ficar surdo.

"Talking Heads", o Gordo comentou, quando saímos da casa.

Eu não disse nada. O Gordo começou a falar alguma coisa e num gesto pedi que ficasse calado. Eu precisava pensar um pouco, enquanto caminhávamos de volta à estação.

༄

"Posso falar agora?", ele perguntou, quando nos sentamos no Bar do Quim, reduto botafoguense.

Eu queria ir logo para casa, mas o bar atravessou na nossa frente, fazer o quê?

"Pode. Eu só estava precisando organizar um pouco meus pensamentos."

"Já organizou?"

"Já. E sei que você vai bagunçar tudo de novo."

"Talvez não. Acho que as coisas estão se encaixando."

"Foi o que pensei. O Thomas era viciado em pôquer. De segunda a sexta tinha uma postura impecável, de mordomo, um cara digno e tal. No final de semana se afundava no carteado até perder as cuecas. Numa dessas se ferrou de vez, não tinha como pagar e pediu emprestado à irmã. Só mudou de credor."

"Se é que ficou devendo só pra ela. Ele pode ter voltado ao jogo, é comum acontecer isso, você sabe, é um vício. Ele pode ter voltado a jogar pra conseguir pagar à irmã."

"E aí perdeu outra vez."

"Um azarado, como se vê. Ou um imbecil, como disse a própria irmã."

O garçom trouxe uma porção de bolinho de arroz com recheio de queijo. Adoro bolinho de arroz, fazia tempo que não comia. E aquele veio com queijo derretido dentro, uma maravilha.

"Melhor do que isso, só esse pessoal aí", eu disse ao garçom, apontando para os pôsteres na parede, em preto e branco: Garrincha, Didi, Nilton Santos, Zagallo, Jairzinho.

O garçom sorriu. Pedi mais chope.

"Pode ser que o cara estivesse com duas dívidas, a da irmã e a do jogo", continuei o raciocínio.

"E não podia pedir ao Mattos", o Gordo completou, "a não ser que arranjasse uma boa desculpa, já que ganhava bem. Era mordomo e homem de confiança do Mattos, devia receber um alto salário. Não iria chegar pro patrão e dizer: senhor, perdi tudo o que tinha num jogo de cartas, dá pra me emprestar uns trocados? Pago quando puder."

"Ele poderia dar a desculpa clássica: preciso pagar uma operação, minha irmã está muito doente, quase morrendo. Por que não fez isso?"

"Era mais fácil roubar o livro."

"Será? Gordo, quanto vale um livro desses? Será que compensa o cara perder o emprego e ainda correr o risco de ser preso?"

O Gordo pegou um bolinho e comeu devagar. Estava ganhando tempo antes de me responder. Peguei um também, o último. Pedi outra porção.

"O Thomas não roubou o livro pra vender", ele disse.

"Não?"

"Não. Roubou pra pedir resgate."

"Resgate?"

"Esse mordomo não é bobo. Venho pensando nisso desde nossa conversa de ontem. O Thomas sabe que o livro tem mais valor sentimental do que monetário, o próprio Mattos te disse que tem, não é? Pois então, se ele fosse vender o livro pra algum colecionador ou se colocasse à venda numa dessas livrarias de livros raros, ganharia uma grana, sem dúvida, mas nem tanto assim. Ele vai pedir um resgate pelo livro, anota aí o que estou falando."

"É a primeira vez que vejo uma coisa dessas: sequestro de livro."

"Tem sequestro de tudo quanto é jeito nessa cidade. A própria cidade já foi sequestrada! Lembra aquele caso do corsário francês que sequestrou o Rio de Janeiro, no século XVIII? Sequestrou uma cidade inteira, é mole?"

"Foi diferente, Gordo."

"Eu sei, mas foi sequestro. O pirata tomou a cidade e disse: só devolvo se me pagarem tanto! Ele não ficou com a cidade nem vendeu a cidade pra ninguém, entendeu? Foi esperto, pediu um resgate, recebeu o ouro e foi embora."

"Se a sua hipótese estiver correta, fica explicado o fato de o Thomas ter largado um emprego desses."

"Claro, o Mattos é milionário, André. Se o Thomas for inteligente, e acho que é, pode ficar rico numa tacada só, não precisa passar a vida inteira trabalhando de mordomo."

"E por que o Thomas ainda não entrou em contato?"

"Ele deve estar esperando um pouco, até o Mattos ficar desesperado com a falta do livro. Quanto mais tempo passar, mais alto pode ser o pedido de resgate."

"Se a gente encontrar o livro antes, o Thomas se dá mal."

"Não quero ser pessimista mas, francamente, acho que isso não vai acontecer. O mordomo vai fazer contato antes de a gente pegar o livro de volta."

"Mas dependendo do contato que ele fizer, e do modo como fizer, podemos ter uma pista de onde ele está."

"É, podemos."

෴

Bebi o chope e fiquei olhando a rua. Mais adiante, na calçada em frente, havia uma casa com uma porta aberta e acima da porta a placa com os dizeres: *Armarinho – Roupas Para Adultos e crianças e miudezas em geral.*

Reparei que as palavras *crianças* e *miudezas* vinham com iniciais minúsculas, como se fossem coisas menos importantes:

crianças, miudezas. E reparei também que embaixo da placa, encostada na parede, ao lado da porta, uma garota olhava para mim. Usava um vestido leve, de alças, um vestido branco. Tinha a pele ligeiramente bronzeada, olhos grandes, cabelos lisos presos num rabo de cavalo. Era linda.

Correspondi ao olhar e ela sorriu.

"André?"

"O que foi?"

O Gordo seguiu meu olhar.

"Tudo bem, conversamos depois."

Pensei em me levantar e ir até lá, puxar assunto, dizer qualquer coisa, pela primeira vez na vida acreditei que seria capaz de viver com uma mulher para sempre. Devia ter uns vinte e poucos anos, o rosto de traços delicados. E estava descalça. Aquilo me comoveu, estava descalça.

Eu via mulheres bonitas todos os dias, é só andar na rua que você vê, mas aquela tinha algo de diferente, ou eu achei que tivesse, algo que me puxava não apenas para ela mas para outro mundo, outra vida, menos caótica do que aquela que eu vivia, mais calma e feliz. Pensei em como seria morar no subúrbio, numa casa com quintal, ao lado dela. Sabia que estava idealizando, imaginava uma vida que só existia nos meus devaneios, mas foi isso o que pensei.

"Os bolinhos", disse o garçom.

Continuei olhando. Ela sorriu uma última vez, antes de entrar na loja. Em seguida apareceu uma senhora e fechou a porta. Expediente encerrado, meu amigo, foi o que quis dizer aquele gesto. Senti de repente uma coisa ruim, uma sensação de perda, tristeza, desconsolo, sei lá. Bem que a cartomante dissera: as portas do amor estão fechadas para você. Continuamos comendo e bebendo, em silêncio.

Alguma coisa se rompera dentro de mim com a visão daquela garota, no final de tarde numa rua de subúrbio do Rio de Janeiro. Eu voltaria a conversar com o Gordo sobre o caso do livro roubado, no trem de volta para casa. Mas não agora, agora não.

6

Na Cinelândia me despedi do Gordo e segui até Copacabana. Quando saí da estação e pisei na rua, o celular tocou. Era o Mattos, querendo novidades. Respondi que não dava para contar por telefone e marcamos um encontro na casa dele, no dia seguinte.

Tirei minha agenda da mochila e anotei o compromisso com o Mattos. Aproveitei para escrever uma frase da cartomante que continuava martelando na minha cabeça: Clarice não é quem você pensa que é.

Mal fechei a agenda, o celular tocou novamente. Ana, querendo se encontrar comigo. Marquei no Bip Bip. Ficava perto da minha casa e eu estava com saudade do Alfredo, dono do bar.

"E aí, André, anda sumido", ele disse assim que me viu.

"Muito trabalho, Alfredinho", respondi, lhe dando um abraço.

Fui até o freezer e peguei uma cerveja. O Bip Bip é o único bar self service que eu conheço. Não tem garçom nem caixa. Se você quer uma cerveja, pega no freezer. Copos? Na prateleira ao lado. E se der vontade de beliscar alguma coisa, vai para a cozinha e prepara um queijo, salaminho, coisas assim, que não exigem muito. Você vai se servindo e dizendo ao Alfredo o que pegou. Ele anota tudo numas folhas presas numa prancheta e no final lhe diz quanto foi.

O bar é pequeno, estreito, meio escondido. Na parte de dentro só há uma mesa, comprida, para os músicos das rodas de samba. Os clientes ficam em mesas nas calçadas ou em pé, lá dentro, mais perto dos músicos. Quando Ana chegou, eu ouvia um samba de primeira, bebia minha terceira cerveja e já tinha resolvido todos os problemas do universo, anotando as soluções na minha agenda. Pena que no dia seguinte, sóbrio, eu fosse achar tudo aquilo ridículo.

Ela me cumprimentou com um beijo só, perto da boca. Era um beijo ambíguo. Carioca sempre dá dois beijinhos quando se trata de um amigo ou amiga, não é como paulista, que só dá um. Beijo único é aquele que você dá na boca da sua namorada, esposa ou o que seja. Aquele não era beijo de amiga, mas também não era de namorada. Muito ambíguo (precisava anotar isso depois, na agenda).

Ana já conhecia o bar. Antes de sentar comigo passou pelo freezer e pegou uma cerveja também. Fui direto ao assunto:

"Preciso te contar uma coisa."

Palavras mágicas. Se você quer que alguém preste atenção no que vai falar, comece dizendo: preciso te contar uma coisa. É infalível.

Ela ouviu atenta todo o relato daquele dia no escritório, do cliente, de eu estar me passando pelo Miranda, do livro roubado, da ida ao Engenho de Dentro.

"Você topa?", perguntei, depois de oferecer uma porcentagem do que iríamos receber. Dez por cento, como o Gordo havia sugerido.

"Topo. Não gosto do Miranda, trabalho com ele porque não tem outro jeito."

"Não gosta por quê?"

"Ele é falso."

"Então eu, que sou o falso Miranda, sou duas vezes falso?"

"Pensando bem, se o Miranda é falso e você é o falso Miranda, então você é verdadeiro. Questão de lógica."

Adorei aquilo e o modo como ela me olhou depois de terminar a frase.

"Sabe que eu gosto de você?"

"Porque eu disse que você não é falso?"

"Também."

"Ou porque já bebeu demais?"

"Beber demais pode me ajudar a dizer o que disse, mas não a sentir o que sinto."

"Você está romântico hoje. Devo aproveitar?"

Respondi com um beijo intenso. Não gosto de beijar uma mulher em público mas fui obrigado a abrir uma exceção.

Paguei a conta e fomos andando até o meu apartamento. O porteiro estava de folga. Demorei um pouco a encontrar a chave certa. Abri o portão e entramos.

Fui na direção do elevador. Ana pegou minha mão e me puxou pela escada, até o segundo andar. Estava escuro, mas a luz que vinha do térreo permitia que eu visse na penumbra o rosto de Ana, bem perto do meu.

Ela me empurrou na parede e me beijou com força. Virei-a de costas. Beijava seu pescoço, sua nuca, sentindo com as mãos a cintura, a calcinha, os seios debaixo da blusa. Ela se soltou de mim, ficou de quatro na escada e levantou a saia. Eu fui por trás, sem pensar em nada que não fosse aquela bunda perfeita, sem pensar em droga de livro nenhum!

Depois subimos até o meu apartamento e a noite seguiu, longa, perigosamente longa.

⁌

Perdi a hora. Eram nove da manhã quando acordei, olhei em volta e não vi ninguém. Ana deixara um bilhete debaixo do telefone. Li: *Verdadeiro ou falso? Responda-me ou te devoro.*

Enigmático aquele bilhete, ainda mais quando lido por alguém de ressaca. Precisava estar em Vila Isabel às dez. Tomei uma ducha rápida, vesti qualquer coisa e na cozinha tomei um café horroroso, gelado, que morava numa garrafa há mais tempo que a Jeannie-é-um-gênio.

Ouvi o interfone. Era o Gordo me esperando lá embaixo no táxi do Clovis, um velho amigo dele.

"A gente combinou de você passar aqui?", perguntei entrando no carro, no banco de trás. O Gordo estava sentado na frente.

"Não, mas achei que devia. Liguei ontem à noite, você não atendeu, pensei: deve estar na esbórnia e vai perder a hora amanhã."

"Santa eficiência."

"Você não pode chegar atrasado na casa da cartomante."

O Clovis olhou rapidamente para o Gordo.

"Você não tinha falado que ia numa cartomante."

"Não sou eu que vou, é ele, o André."

"Minha tia era cartomante", o Clovis disse, olhando para mim pelo retrovisor.

"E por que não é mais, se aposentou?"

"Morreu. Faz um mês."

"Sinto muito."

"Tudo bem. Estava velhinha, doente. E me deixou um sítio de herança, em Guapimirim. Tem rio, cachoeira, um monte de árvores."

"Todo sítio tem um monte de árvores."

"Esse parece que tem bastantes. Eu diria que se pode chamar de uma pequena fazenda."

"Que sorte."

"Só que eu não sei o que fazer, estou inseguro."

"Vende. Ou vai morar lá", falei por falar, morrendo de sono.

"Você não conhece o Clovis, André", o Gordo disse, se virando para onde eu estava, "ele nasceu, foi criado e vive dentro de um apartamento no Catete. Só sai pra trabalhar. Nunca viu uma vaca de verdade, achava que galinha nascia em supermercado e azeitona não dava em árvore."

"Azeitona?"

"É verdade ou não é, Clovis?"

"Isso foi há muito tempo, não vamos remexer no passado."

Não vi a cara do Clovis quando falou isso, pelo tom de voz podia ser que estivesse falando sério. O Gordo não continuou o assunto.

"E o caroço?", perguntei, enquanto olhava pela janela do carro.

"Que caroço?", o Clovis perguntou e vi que franzia as sobrancelhas, tenso.

"O caroço da azeitona. Como você achava que ia parar lá dentro?"

Ele não respondeu e voltou a olhar para a frente. O Gordo permaneceu calado.

Um tempo depois o Clovis quebrou o silêncio.

"Estou cansado de ser motorista de táxi. O trânsito caótico, o mau humor das pessoas, e o carro nem é meu, é da cooperativa, então falei pra mim mesmo, assim que soube da herança da minha tia: por que não abrir um negócio e parar de trabalhar pros outros?"

"Que tipo de negócio?", o Gordo perguntou.

"Tinha que ser uma coisa original. E aí pensei, pensei, e cheguei a uma conclusão: vou abrir um motel."

"Original mesmo, por que ninguém nunca pensou nisso antes? Quase não tem motel no Rio de Janeiro!"

"Não seria um motel comum. Seria algo inovador, revolucionário até. Nem precisaria vender o sítio. Seria um motel lá mesmo."

"Um motel no sítio."

"É", ele disse, e completou com alguma coisa que não deu para ouvir.

"Fala mais alto, Clovis", o Gordo pediu.

Ele olhou outra vez para mim, pelo retrovisor. Virei de lado e fingi que estava dormindo. Deve ter voltado a olhar para a frente, ou para o Gordo. Fez mais um pouco de suspense e finalmente disse:

"Um motel-fazenda."

"Puta que o pariu", eu disse, baixinho.

☙

Abri os olhos para ver onde estávamos. Dentro do Rebouças, já quase saindo. Não queria continuar ouvindo as maluquices do Clovis, minha vontade era continuar pensando na Ana, nas coisas que fizemos na escada, no apartamento, tentava me lembrar dos detalhes e a conversa do Clovis não deixava.

"Você não está me levando a sério, Gordo."

"É pra levar?"

"As melhores ideias são assim, causam estranheza nas pessoas comuns. Imagina quando Galileu disse que a Terra era redonda."

"Não foi Galileu que disse isso, foi Copérnico. Galileu disse que a Terra girava em torno do sol."

"Tanto faz. Imagina o que pensaram do Copérnico quando ele disse que a Terra não era quadrada coisa nenhuma, era redondinha."

"Devem ter pensado que era louco."

"Ou gênio."

"E qual dos dois você é?"

"Um pouco de cada. No momento, acho que estou mais pra gênio."

"Só se for o Aladim."

"Aladim não era gênio, seu ignorante. Nunca leu *As mil e uma noites*? Ele *achou* uma lâmpada com um gênio dentro."

"Eu sou ignorante. Você confunde Galileu com Copérnico e eu sou o ignorante."

"Já tenho tudo planejado, do motel-fazenda. Tenho até uma fundamentação filosófica, se você quiser ouvir."

Do meu canto torci fervorosamente para o Gordo dizer *não*.

"Parto de um princípio muito simples: o ser humano é essencialmente um insatisfeito. Nunca está feliz com o que tem. Isso o impulsiona, na verdade. Todas as descobertas nasceram assim, os grandes projetos também, tudo nasce daí, dessa insatisfação natural do ser humano."

Eu estava no táxi de um motorista que leu *As mil e uma noites*, achava que era filósofo e queria abrir um motel-fazenda. A sandice não podia ser maior. Aliás, podia sim, esse motorista estava me levando à casa de uma cartomante.

"Pois eu descobri qual é a insatisfação do homem na atualidade. Depois do fascínio pela tecnologia, pelo progresso, essas coisas todas, o homem de hoje está insatisfeito com a vida na cidade grande. O que ele quer mesmo é a volta ao campo. É um neorromântico."

"Interessante", o Gordo comentou.

"Sei que você não acha interessante e vou te convencer de que é. Me responde com sinceridade, você nunca pensou em passar uma tarde de amor à beira de um rio de água cristalina, com uma cachoeira, a mata em volta? Só você e uma mulher maravilhosa, os dois nus, tomando sol, sabendo que não vai aparecer ninguém pra atrapalhar. Responde, nunca pensou nisso?"

"Devo ter pensado, quando eu tinha quinze anos. Todo mundo já pensou nisso pelo menos uma vez na vida."

"Viu como estou certo? Quando você diz 'todo mundo' está dizendo 'todo mundo da sua época'. Somos todos neorromânticos."

"Bom, numa coisa você tem razão. Se cada pessoa que pensar uma coisa dessas tiver a chance de realizar essa coisa, seu motel vai ficar cheio."

"O projeto é bem simples, escuta só. Eu não conheço o sítio, mas sei que tem um rio que corta toda a propriedade. Posso dividir a área em terrenos menores. Cada terreno teria dentro dele um rio de água corrente, muitas árvores e uma cabana."

"Com rede na varanda, suponho."

"Posso construir cabanas rústicas feitas de madeira e com telhado de folhas trançadas, com uma varanda dando pro rio."

"E como você vai dividir os territórios? Vai fazer um muro?"

"Não pode ter muro, a pessoa precisa ter a sensação de que está no meio da natureza, entendeu? Primeiro vou conhecer o terreno e ver o que dá pra fazer. O importante é que o sítio vai ser dividido em territórios e que cada um vai parecer um pequeno paraíso perdido."

"Aí você aluga os territórios como se fossem quartos de motel."

"Finalmente você acertou uma."

"Essa não era tão difícil."

"Naturalmente."

"Difícil vai ser você me responder como é que vai isolar acusticamente um território de outro. Fico imaginando um casal fazendo sexo selvagem num dos territórios e dois adolescentes neorromânticos ouvindo tudo do outro lado, deitados na rede da cabana."

"Esse é outro problema que preciso resolver, a acústica do paraíso."

"Bom título para um romance: *A acústica do paraíso*."

"Vai brincando, quero ver quando eu for rico e você vier me pedir algum emprestado porque não tem nem pra cerveja."

"Falando nisso, como é que você pensa em bancar a reforma?"

"Vou arrumar um sócio."

"E quem será a vítima, posso saber?"

"Pode. Você."

"Eu?"

"Você tem uma livraria. Pode vender e ser meu sócio no motel-fazenda. Ninguém compra livro nesse país. E se compra não é numa livraria merreca como a sua. Vende tudo. Se sobrar algum livro a gente coloca nas cabanas."

"Você acha que as pessoas vão ler no motel."

"Por que não?"

Senti que o Gordo estava começando a se interessar pela ideia.

"Já chegamos?", perguntei, fingindo que estava acordando. Precisava interromper aquele discurso em nome da sanidade mental do Clovis, do Gordo e da minha.

"Essa é a Rua dos Artistas. Qual o número?", o motorista filósofo perguntou.

"Vai seguindo. É mais na frente."

Ele dirigiu em silêncio e parou onde eu indiquei, a poucos metros da casa da cartomante. Descemos.

O Gordo pagou a corrida e disse ao Clovis que a gente não iria precisar mais dele por enquanto.

"Será que não vão precisar mesmo?", ele perguntou, apontando para a frente do edifício onde morava Dona Mercedes.

Descemos do táxi, eu e o Gordo, e dispensamos o Clovis.

Havia acontecido alguma coisa ali, muita gente reunida, um carro da polícia e outro do corpo de bombeiros estacionados na calçada.

Perguntei a um senhor o que estava acontecendo.

"A moradora do 201. Morreu."

Era a cartomante.

7

"Morreu? Estive com ela ontem de manhã!"

"Reparou se ontem de manhã ela estava com uma bala no meio da testa?"

Olhei para o velho. Magro, com olheiras profundas, usando bermuda e camiseta, parecia um papa-defunto em dia de folga.

"Foi assassinato?"

"Suicídio é que não foi. Ninguém se mata com uma bala na testa. No ouvido tudo bem, mas na testa não dá, fica até difícil de segurar o revólver", ele falou, simulando que apontava uma arma para si mesmo.

"Quando foi que aconteceu?", o Gordo perguntou.

"Ouvi um tiro essa madrugada, lá pelas quatro horas. Sempre acordo às quatro, é a hora do meu remédio. Estava na cozinha quando ouvi o tiro. Minha mulher perguntou se não era foguete, minha mulher também acorda às quatro, não precisa tomar remédio mas acorda assim mesmo, só pra me fazer companhia. Não existem mais mulheres assim, não é?", o velho disse, colocando a mão no ombro do Gordo, na maior intimidade.

"O senhor é um homem de sorte", ele respondeu.

"Não é foguete, eu disse pra minha mulher, é tiro, deve ter sido na rua. De manhã a vizinha descobriu o corpo e ligou pra polícia. A porta do apartamento estava aberta e tudo bagunçado lá dentro. Foi assalto."

Chamei o Gordo de lado, falando no ouvido dele:

"Você conhece alguém na polícia?"

"Não, acho que não. Tenho que pensar."

"Pensa rápido. Precisamos saber o que aconteceu com a cartomante. Não foi assalto, a coitada não tinha onde cair morta."

"Não tinha, mas caiu."

Fiz uma cara de desânimo.

"Desculpa, não podia perder a piada."

"Certo, agora vamos trabalhar. Dá uma circulada lá dentro e vê se consegue alguma informação. Eu fico aqui."

O Gordo entrou no pátio. Fiquei esperando na calçada, atento. O senhor das olheiras fundas se aproximou.

"Você conhecia a falecida?", perguntou, com um bafo pior do que o meu. O remédio que ele tomava às quatro da manhã devia ter 99% de álcool na fórmula.

"Não. Eu era um cliente."

"Cliente? Então eu estava certo."

"Em relação a quê?"

"Sempre achei que a Soraya era puta."

"Quem é Soraya?"

"Soraya, a mulher que morreu."

"O nome dela era Soraya? Achei que fosse Mercedes."

"Toda puta tem um nome falso. É mais uma prova."

"Ela era cartomante."

"Tinha mais cara de puta."

Agora o bafo veio acompanhado de saliva. O velho falava cuspindo.

"O senhor a conhecia há muito tempo?"

"Quem? A Soraya ou a Mercedes?"

Fez a pergunta e riu, com a boca banguela. Definitivamente, eu tinha ficado traumatizado com bocas banguelas.

"Conhecia mais ou menos. Ela não era de muita conversa e eu não gosto de fofoca, cada um na sua, não fico vigiando a vida de ninguém."

"O senhor sabe se ela recebeu alguma visita esses dias?"

"Ela sempre recebia visita. Sabe como é, precisava trabalhar, ganhar a vida."

"Ela recebeu visita ontem?"

"À noite estacionou um carrão aqui, não entendo dessas coisas de marca, meu filho sabe tudo de carros, eu não, só sei que era carro de gente rica. Moro naquele apartamento ali, de frente pra rua, posso ver qualquer um que entra e sai do prédio. O carro parou e desceu um homem de terno, todo elegante. Tocou o interfone, falou com alguém e depois entrou."

"Era esse cara?", perguntei, mostrando a foto do Thomas.

Agi mal. O velho se assustou, deve ter pensado que eu era um policial disfarçado, deu um sorriso amarelo e foi saindo. Achei melhor não ir atrás, poderia voltar outra hora, se fosse o caso. Já sabia qual era o apartamento dele, poderia tentar uma conversa mais tarde, ou noutro dia, sem tanta gente em volta.

As pessoas abriram espaço e dois bombeiros saíram com uma maca, carregando o corpo enrolado num saco preto. Colocaram no carro e foram embora.

"Conseguiu alguma coisa?", perguntei ao Gordo.

"O nome dela não era Mercedes."

"Eu sei. Era Soraya."

"Não. Era Lourdes."

⁂

O pessoal foi se dispersando. Não vi mais o velho bafo de onça, deve ter entrado para tomar remédio.

Fui com o Gordo até o Siri, logo na esquina. Prefiro o Siri de dia, à noite não é tão agradável, claro demais na parte de dentro e escuro demais na de fora. Escolhemos uma mesa na calçada. Antigamente o Siri reinava soberano naquela área, só existia ele e um boteco na esquina da Rua dos Artistas com a Dona Zulmira. Hoje, além dos dois, há um punhado de bares de todos os tipos, até restaurante japa tem por ali.

Eu precisava rodar um pouco pela região para ver se acrescentava algum bar aos meus roteiros com os turistas. Naquela semana tinha decidido não fazer passeio nenhum. Liguei para as agências de turismo e falei que precisava resolver uns problemas particulares. Isso é ruim, eles acham que você está querendo cair fora e acabam oferecendo outros roteiros com outros guias, mas não tinha jeito, precisava me concentrar na investigação.

Estava cedo para almoçar e eu não queria beber. Pedi minha tônica com laranja.

"E um chope na pressão", o Gordo completou.

"Quem disse que ela se chama Lourdes?"

"A vizinha."

"E ela te contou isso a troco de quê?"

"Não contou pra mim, contou pro delegado. Eu só ouvi a conversa."

"Tinha um delegado lá? Mandaram um delegado pra investigar a morte de uma cartomante que ninguém conhecia?"

"Sempre tem um delegado quando há assassinato. Faz parte do procedimento."

O Gordo virou o chope de uma vez. Fazia calor e eu estava quase cedendo à tentação de pedir um para mim também. Ele pediu outro e uma casquinha de siri.

"Você não acha um pouco óbvio demais pedir casquinha de siri num restaurante chamado Siri?"

"Talvez. Não tenho nada contra o óbvio, pelo menos não nesse caso. E tem outra coisa, quando chegar não adianta ficar salivando na minha frente, não vou dividir com você."

"Obrigado por avisar."

Ele colocou as duas mãos sobre a mesa, se aproximando de mim.

"André, essa cartomante estava metida em alguma encrenca das grossas."

"Você acha que tem a ver com o sumiço do livro?"

"Sem dúvida. A não ser que você acredite em coincidências."

"Elas existem."

"De acordo, mas não foi coincidência. Está tudo interligado, não percebeu? Aliás, a vizinha disse outra coisa também: ontem à noite Madame Mercedes saiu de casa e foi até a Gávea."

"Como a vizinha sabe disso?"

"Porque a cartomante, ou ex-cartomante, perguntou a ela que ônibus precisava pegar pra ir à Gávea. E logo depois saiu de casa."

"Gordo, o Mattos mora na Gávea."

"Não brinca."

"No final da Marquês de São Vicente."

"É isso, meu camarada. A cartomante foi à casa da Clarice ontem à noite."

"Atrás de dinheiro."

"Sempre ele. A Clarice esteve na casa da cartomante ontem de manhã e deve ter contado do roubo do livro, da preocupação do pai, deve ter falado que era um livro muito valioso. Logo depois apareceu você, querendo saber se a Clarice tinha algum segredo e falando de um livro também. Madame Mercedes juntou dois mais dois e pensou: vou ganhar um dinheirinho com isso. Prometeu a você que contaria mais coisas hoje, e ontem foi à casa da filha do Mattos fazer chantagem."

"Se Clarice não lhe desse o que ela estava querendo, a cartomante contaria a verdade pra mim. Mas que verdade seria essa?"

"Nossa jovem beldade deve ter falado mais do que devia nas sessões com a cartomante, que de boba não tem nada. A partir daí, e da sua visita, a donzela ficou nas mãos da velha raposa."

"Ela foi chantagear a Clarice e levou a pior. De madrugada apagaram a coitada."

"Ela não sabia com quem estava lidando."

Me lembrei do que a cartomante havia me dito quando nos despedimos, para eu tomar cuidado. Ela não tomou.

⁂

O garçom trouxe a casquinha de siri. Parecia deliciosa.

"Eu falei, não adianta salivar. É melhor pedir uma pra você."

Pedi. E um chope com colarinho.

"O velho que estava conversando comigo disse que um homem tocou o interfone do prédio pouco antes do tiro. Deve ter sido o Thomas."

"Aquele velho é doido. Pode ter inventado isso."

"A cartomante não abriria a porta para um estranho no meio da madrugada. Era alguém conhecido. Ela conhecia o assassino. Se foi o Thomas, deve ter dito que tinha ido lá fechar o acordo, que estava com a grana."

"Faz sentido."

Olhei para o meu copo de água tônica, vazio. Me veio à cabeça a letra de uma música do Chico Buarque: é sempre bom lembrar que um copo vazio está cheio de ar.

"Você não acha essa história um pouco esquisita, Gordo? Um cara larga um emprego excelente, estável, com bom salário, pra roubar um livro. Tudo bem, você tem aquela hipótese do resgate, mas mesmo assim é estranho. E agora isso! Quem roubou o livro foi capaz de matar uma pessoa!"

"Muita gente já matou por causa de um livro."

Era para ter sido uma frase de efeito, se fosse outro o contexto. O Gordo disse aquilo como se fosse uma frase qualquer, banal, enquanto pegava o cardápio.

"Você vai almoçar, a essa hora?"

"A casquinha me abriu o apetite."

"Então fecha."

"Não sei ainda se vou almoçar mesmo ou pedir um outro petisco, estou analisando."

Enquanto ele lia o cardápio, eu pensava na cartomante. O que será que ela queria me dizer?

"Alguém está mentindo pra gente, Gordo."

"Também acho."

"Tem alguma coisa nesse livro, não pode ser só um livro da sorte, raro, de estimação ou seja lá o que for. Acho que o Mattos não me contou toda a verdade."

"E você vai fazer o quê? Perguntar pra ele?"

"Não, vou atrás da Clarice."

♻

Gosto de pontualidade, ao contrário do carioca típico. Não gosto de me atrasar e também não chego antes da hora marcada. Ouvi dizer que os japoneses são assim, se marcam com você às dez, na sua casa, e chegam cinco minutos antes, ficam esperando até dar dez em ponto. Só então tocam a campainha. Não sou japonês, mas nisso estamos de acordo. Às três da tarde, pontualmente, parei em frente à casa do Mattos.

Da guarita de segurança um guarda olhou para mim por uma janela de vidro. Apertei o interfone. Falei meu nome, ele conversou com alguém pelo rádio e depois abriu o portão.

O jardim de entrada não era um jardim, era um bosque. Dava para fazer o motel-fazenda do Clovis ali. Caminhei por uma pequena aleia de plátanos (sei o que é um plátano, já vi alguns quando fui a Teresópolis), caminhei por entre aquelas árvores como se estivesse dentro de um cartão-postal.

Ao final do caminho, o Mattos me aguardava com uma expressão tensa no rosto. Quando me cumprimentou percebi que suas mãos tremiam um pouco. Foi algo rápido, segundos apenas, mas sou bom observador e anotei aquilo mentalmente.

Entramos num grande salão, com sofás e poltronas formando pequenos ambientes. Reparei nos quadros, nas esculturas, deviam valer uma fortuna. Tinha as paredes envidraçadas, deixando ver as árvores lá fora. Dali seguimos por um corredor largo. A todo momento eu procurava por Clarice. E também por Bruna.

"Suas filhas não estão em casa?"

"Bruna deve estar por aí, em algum canto. Clarice viajou."

"É?"

"Foi a São Paulo visitar uma amiga."

"Viajou hoje?"

"Saiu logo cedo."

Putz.

⁂

Mattos parou diante de uma porta. Abriu e entramos num cenário de cinema.

Era uma sala circular, com o pé-direito bem alto, equivalendo a uns dois andares talvez, e prateleiras de livros até o teto. Uma escada dava acesso a uma espécie de mezanino, colocado a meia altura das paredes, circulando todo o espaço. No alto, uma claraboia deixava entrar a luz do sol. Lembrava o belíssimo Real Gabinete Português de Leitura, na Praça Tiradentes.

Comentei com ele a semelhança.

"Meu pai construiu essa casa e pediu ao arquiteto que se inspirasse no Real Gabinete quando fosse desenhar a biblioteca."

"É fascinante."

Eu olhava para o alto, encantado ainda com a beleza da biblioteca, quando ele pegou no meu braço, delicadamente.

"Venha, quero te mostrar uma coisa."

Caminhamos até uma das paredes e Mattos parou diante de um cofre, aberto e vazio.

"Ele ficava aqui, o livro de Poe."

À minha frente eu via apenas um cofre aberto. Mattos devia estar vendo um altar de onde roubaram o santo.

Reparei que na parte interna da porta do cofre havia um desenho. Cheguei mais perto.

"Que desenho é esse?"

"Um oroboro. A serpente mordendo o próprio rabo."

"O que significa?"

"Muitas coisas. Vamos sentar um pouco, precisamos conversar."

Logo adiante havia uma mesa grande, oval, de madeira escura. Mattos percebeu que eu olhava para a mesa.

"Pau-brasil. As cadeiras também."

Eram cadeiras de espaldar alto, trabalhadas. Contei: sete. Cada uma trazia um nome talhado na parte superior. Pude ler dois: Mirabilis e Theophrastus.

"Usamos pseudônimos. Cada membro da confraria, quer dizer, do clube, cada um de nós escolhe um nome fictício."

"O seu qual é?"

"Nicolas."

"Por quê?"

"Nicolas foi um copista francês do século XIV."

"Copista? Como aqueles do mosteiro em O *nome da rosa*?
Ele ficou me olhando, um estranho sorriso no rosto.

"Por que você se lembrou desse livro?"

"Sei lá, sempre que ouço falar em copistas me lembro do romance do Umberto Eco."

"Nicolas não era monge, apenas trabalhava copiando livros para as poucas bibliotecas da época. Seus biógrafos dizem que ele viveu no século XIV e em parte do XV."

"E por que o senhor escolheu esse pseudônimo?"

"A vida de Nicolas sempre me fascinou. Seu biógrafo conta que certa feita Nicolas encontrou um livro numa língua estranha, com textos e desenhos intercalados, e dedicou quase toda a sua vida a proteger esse livro, que nunca conseguiu traduzir. Dizem que um sábio judeu teria traduzido parte do livro para ele, e que naquelas palavras e desenhos estava a fórmula da Pedra Filosofal. Mas tudo isso são conjecturas, o importante foi ele ter preservado um livro pela vida toda, como um verdadeiro tesouro, mesmo sem poder ter acesso a todo o seu conteúdo. Achei que era um bom padrinho para um bibliófilo."

Fui lendo outros nomes nas cadeiras. Numa estava escrito: A Profetiza.

"Há mulheres no seu clube?"

"Não. Apenas o pseudônimo é feminino. Sente-se, por favor."

Sentei na cadeira de um tal de Miquèl. Mattos deu a volta na mesa e sentou-se à minha frente.

"Uma mulher acaba de ser assassinada. A cartomante da Clarice."

"Madame Mercedes? Assassinada? O que você está me dizendo?"

"O senhor a conhecia?"

"Sim, fui eu que a indiquei para Clarice."

"Estive ontem com a cartomante e tenho certeza de que ela sabia alguma coisa sobre o paradeiro do livro."

"Como poderia saber?"

"Clarice contou."

Reparei que as mãos de Mattos voltaram a tremer ligeiramente. Ele percebeu que eu estava olhando e cruzou os braços.

"O senhor contou para as suas filhas sobre o roubo, suponho."

"Claro."

"Quem mais sabe?"

"Os membros do clube."

"Mais alguém? Algum empregado?"

"Não. Pedi a todos que mantivessem segredo, tenho certeza de que não contaram a ninguém. Estou surpreso, Clarice não deveria ter contado a Madame Mercedes."

"Ela provavelmente achou que não haveria problema, era só uma cartomante. Alguém veio ontem à noite à sua casa?"

Ele franziu as sobrancelhas.

"Não que eu tenha visto. Durmo cedo, pode ser que minhas filhas tenham recebido alguma visita depois que fui me deitar, não sei. Por quê?"

Não respondi. Fiquei olhando para ele, olhos nos olhos.

"Preciso falar com a Clarice. Agora. O senhor tem o telefone dela?"

Ele me deu um número de celular. Liguei. Caiu na caixa postal. Achei melhor não deixar recado, tentaria mais tarde.

"Descobri também a casa da irmã do Thomas."

"Conversou com ela?"

"Conversei. Thomas era viciado em pôquer. E tinha dívidas altas, inclusive com a irmã."

"Pôquer? Tem certeza? Thomas sempre disse que não gostava de cartas. Chegou a recusar meu convite pra jogar aqui em casa uma vez, com amigos."

"Ele não poderia aceitar, é óbvio. Não queria que o senhor desconfiasse."

"Então ele roubou o livro pra saldar dívidas de jogo."

"Acredito que sim."

"E o que minha filha tem a ver com isso?"

Alguém bateu à porta.

Mattos se levantou para abrir.

"Miranda, você por aqui?", Bruna falou, entrando na biblioteca.

༶

"Vocês se conhecem?"

"O senhor me mostrou o Miranda, pai, está lembrado? Depois nos encontramos num bar, por acaso. Algum fato novo, detetive?"

"Seu pai pode te contar. Preciso ir", eu disse, aproveitando a deixa para dar o fora.

Se Bruna demorasse mais um segundo para bater à porta eu iria acabar falando demais. Havia prometido a ela que não deixaria o pai saber do envolvimento de sua irmã com Thomas.

"Vou te acompanhar até a saída", ela falou.

Mattos ficou me olhando enquanto se despedia de mim.

"Você volta amanhã? Acho que não terminamos nossa conversa."

"É só o que descobri até agora, senhor. Vou continuar trabalhando e dou notícias em breve. Fique tranquilo, terá seu livro de volta."

Saímos da biblioteca.

Caminhando ao lado de Bruna, percebi que éramos quase da mesma altura. Eu era um pouquinho mais alto. Percebi também que ela acabara de sair do banho, os cabelos ainda estavam úmidos.

"Seu perfume é inebriante", eu disse.

"Não foi uma frase muito original, convenhamos."

"Será que podemos conversar?"

"Pensei que estivesse com pressa."

"Não tenho nada pra fazer agora, só não queria continuar falando com seu pai. Ele estava quase me levando a contar da relação da Clarice com o Thomas."

Bruna me pegou pela mão e subimos uma escadaria. Logo depois entramos num quarto. Ela fechou a porta.

"Aqui podemos ficar mais à vontade."

"É o seu quarto?"

"Não. Da Clarice."

Dei vazão aos meus delírios. Eu estava no quarto de uma mulher linda – não tinha podido ver de perto o rosto de Clarice, mas tinha certeza de que era linda –, a sós com sua irmã. Se me deitasse com ela naquela cama, naquele quarto, era quase como se estivesse com as duas ao mesmo tempo.

Ela me indicou uma poltrona e sentou-se na cama, cruzando as pernas. O sol da tarde atravessava a cortina e dava uma luminosidade especial ao ambiente. Gosto de penumbras.

"A bela da tarde", falei.

Ela me olhou fundo e juro que vi alguma coisa naquele olhar. Por menos que isso conheço homens que foram levados à loucura.

"Agora não consigo pensar noutra coisa que não seja na minha irmã e no meu pai. Estou muito preocupada com eles. Mas depois que tudo isso passar, quem sabe não tomamos um chope?"

"Eu adoraria. Que tal amanhã?"

Ela riu. Era a primeira vez que a via sorrindo. Os olhos, a pele, o rosto, tudo ficava ainda mais sedutor com aquele sorriso. Eu não sabia se conseguiria resistir por muito tempo, estava já no meu limite.

"Ela esteve aqui ontem", disse, voltando a ficar séria.

"Ela quem?"

"A cartomante. Veio falar com a minha irmã."

"Como sabia que era a cartomante?"

"Ela veio uma vez aqui em casa jogar tarô pra Clarice. Foi só uma vez, meu pai não estava. Guardei bem o rosto dela."

"Você ouviu a conversa?"

"Não. Foi uma visita rápida, mas Clarice ficou muito nervosa. Preparou um copo de uísque e bebeu de uma vez só. Minha irmã raramente bebe. Fui até onde ela estava, na sala, perguntei o que era. Ela não respondeu, saiu pro jardim e ficou um tempo no celular."

"Com Thomas."

"Não deu pra ouvir."

Levantei da poltrona e me sentei ao lado dela, na cama.

"A cartomante foi encontrada morta, hoje de manhã, com um tiro na cabeça."

"Meu Deus!"

Peguei sua mão. Ficamos assim, sua mão entre as minhas, pousadas sobre as pernas de Bruna. Ela usava um vestido curto e naquela posição minhas mãos tocavam suas coxas.

"Clarice não faria uma coisa dessas, não mesmo!", ela falou, se levantando.

"Não estou dizendo que foi ela, mas tudo indica que está envolvida no assassinato da cartomante. A mulher prometeu que iria me contar alguma coisa hoje, e ontem à noite veio chantagear sua irmã."

"Foi o Thomas. Ela deve ter ligado pra ele quando a cartomante saiu daqui. Ele matou a coitada. Não foi a minha irmã."

"E por que essa viagem hoje, de uma hora pra outra?"

"Thomas deve ter dito a ela pra fazer isso. Ele cuidaria de tudo e ela ficaria em São Paulo até as coisas se resolverem."

"Pode ser."

Bruna começou a andar pelo quarto. Tive vontade de me levantar e abraçá-la, mas fiquei na minha.

"Vou indo."

Ela pareceu nem ter ouvido. Eu já estava fora do quarto quando Bruna veio atrás de mim.

"É por aqui", disse, descendo as escadas e me levando até o jardim, ou bosque, por onde eu havia entrado.

"Desculpe, estou meio abalada com essas novidades todas. Depois nos falamos."

Então ela me deu um beijo. Na boca. Não foi um beijo de cinema, foi rápido, um beijo de despedida, mas na boca.

Depois se virou e voltou para dentro da casa. Fiquei exatamente onde estava, parado, vendo seu corpo desfilar dentro do vestido enquanto caminhava. Olhei cada detalhe do corpo de Bruna visto de costas, desta vez sem nenhum pudor.

8

Quando entrei na livraria, um casal saía com uma sacola de livros. Eram quase seis horas, dali a pouco o meu amigo encerraria o expediente no seu pequeno comércio de livros usados.

O Gordo estava atrás do balcão, em pé, anotando alguma coisa num caderno.

"Acabo de chegar da casa do Mattos", falei.

Ele fechou o caderno e depois me fez um sinal com os olhos, virando a cabeça na direção de uma estante. Não entendi e continuei.

"Clarice esteve com a cartomante ontem à noite. E hoje cedo viajou pra São Paulo. Você tinha razão, a morte da cartomante foi queima de arquivo."

"Incrível, uma história policial de verdade!", Ana disse, saindo de trás da estante.

"Você aqui?"

"Vim comprar um romance. Será que entrei no lugar errado?"

"O Rio tem umas duzentas livrarias. Por que você veio parar exatamente na do Gordo?"

"Quero saber mais dessa história toda."

"Que história?"

"Adivinha."

Olhei para o Gordo. Ele abriu os braços.

"Como você soube que a livraria ficava aqui?"

"Você me contou."

"Eu?"

"Ontem à noite, no seu apartamento. Contou que tinha um assistente, na verdade, o seu melhor amigo, fiquei comovida com o jeito como você falou do Gordo, e depois disse que ele tinha uma livraria na Rua do Lavradio, até descreveu como era."

"Eu te falei, André, para de beber", o Gordo disse, pegando uma cerveja no frigobar.

"Fiquei curiosa. Se estou nessa parada, mesmo como, digamos, sócia minoritária, quero saber dos detalhes. Sabia que se te perguntasse você ia querer me enrolar, já te conheço um pouco. Então achei melhor perguntar ao seu assistente, que foi muito gentil comigo, diga-se de passagem."

"Sei, gentil."

"Eu não fiz nada, juro!"

Ana riu. O Gordo serviu cerveja em três copos.

Senti que não tinha mais jeito.

"Melhor assim, André, a Ana pode ajudar a gente. Por isso contei tudo pra ela, inclusive do assassinato da cartomante."

Ele percebeu que eu ainda não estava convencido e deu a cartada final:

"Ela adora romance policial, sabia? É uma das nossas, quer dizer, não das nossas mulheres, quer dizer, você entendeu!"

"É verdade? Você gosta de romance policial?"

Ela veio até mim, insinuante, me deu um beijo e disse no meu ouvido:

"Só dos que têm cena de sexo."

"Vamos lá", o Gordo disse, "hora de fechar o comércio."

"Ainda não peguei meu livro", Ana falou, retornando à estante.

Voltou logo depois, com um exemplar de *Mulher no escuro*, do Hammett.

"Como é que você organiza os livros, Gordo? Esse aqui estava ao lado do *Ficções*, do Borges! O que Borges tem a ver com Hammett?", ela perguntou.

"Ele não organiza", respondi. "Vai guardando de qualquer jeito, é uma bagunça isso aqui."

"Mentira, André, você sabe que não é assim."

"Então explica pra ela como é. Estou curioso."

Ele guardou o livro numa sacola de papel e o entregou a Ana.

"No início tentei os métodos convencionais. Separava por gênero, ordem alfabética, autor, nada funcionava. Cheguei à conclusão de que o método perfeito pra se arrumar livros numa estante é como o bar ideal: não existe. Até que li uma reportagem sobre um pensador alemão do início do século XX, Aby Warburg. Warburg era o primogênito de uma família de banqueiros. Com 13 anos de idade abdicou da herança. Disse que o irmão mais novo poderia assumir o banco, desde que comprasse pra ele todos os livros de que precisasse, até o final da vida."

"Ele não foi muito esperto, convenhamos. Com a herança poderia comprar os livros e muito mais", falei só para implicar.

"Quando morreu, a biblioteca de Warburg ultrapassava 50 mil volumes. E como ele organizava todos esses livros? Por afinidade."

"Afinidade?"

"Warburg chamava seu método de 'lei da boa vizinhança'. O livro de um filósofo, por exemplo, era seguido por outro que aprofundava o tema do anterior ou que o contestava. Ao lado dele vinha um terceiro, que introduzia um novo enfoque na discussão. O quarto livro negava tudo aquilo e propunha uma outra hipótese. E assim por diante."

"Que loucura, Gordo", Ana falou, "você tinha que ter lido logo essa reportagem?"

"Minha bela, o melhor método é aquele que te deixa livre. Pensa nisso."

"E por que Borges ao lado de Hammett?"

"Os dois escreveram contos policiais. Mas Borges não gostava do estilo *noir* introduzido por Hammett. Ele achava que a narrativa policial deveria ser um gênero intelectual, do pensamento, não da ação ou da violência. Dizia que aquilo que os americanos faziam era subliteratura. Borges estava errado, é o que eu acho. Borges e Hammett não se conheceram, mas na minha livraria estão discutindo até hoje. Ou melhor, estavam, antes de você levar um deles embora."

"Seus clientes devem adorar o seu método", provoquei.

"E gostam mesmo. Frequentador de sebo gosta de garimpar. O fulano nem sempre chega aqui sabendo o que quer, na maioria das vezes não sabe, entra de curioso pra ver se encontra alguma coisa boa escondida por aí. Então dou a ele a oportunidade de rodar pelas estantes sozinho, procurando."

"E quando o cliente sabe o que quer? Quando ele pede: quero tal livro? Como é que você faz pra achar no meio dessa zorra?"

"Meu acervo não é muito grande, conheço bem cada livro que está aqui dentro."

"Seus fregueses devem ser maluquinhos, que nem você."

"Pelo menos não guardo livro na geladeira."

Ana se virou para mim:

"Você guarda livro na geladeira, André?"

"Não é uma geladeira de verdade, quer dizer, é mas não funciona, está quebrada."

"Outro dia ele te explica melhor", o Gordo disse, "agora preciso fechar o comércio."

Ana quis pagar pelo livro mas o Gordo não deixou.

"Fica de presente. Pelo início de uma grande amizade."

Fiquei olhando bem para a cara dele depois que falou isso. Ele não me olhou de volta.

Trancamos tudo e fomos andando até o Bar Luiz.

※

O Bar Luiz é um dos mais antigos do Rio. Vem do século XIX e foi o primeiro bar da cidade a servir chope. Pensei nisso quando chegou o primeiro daquela noite, geladíssimo e com colarinho.

Desceu tão bem que me senti inspirado a descrever o que era indescritível: a biblioteca da casa do Mattos.

"Preciso conhecer essa maravilha", o Gordo disse, antes de pedir um mix de salsichas alemãs.

"Tem uma mesa na biblioteca do Mattos com sete cadeiras. E as cadeiras têm nomes estranhos entalhados em cada uma. Pra mim aquilo não é um simples clube de bibliófilos, acho que tem alguma coisa a mais."

"Que nomes estranhos eram esses, você anotou?"

"Depois que saí de lá anotei de memória. Aconteceu muita coisa naquela casa hoje, precisei anotar pra não esquecer."

"Muita coisa?", Ana perguntou, olhando nos meus olhos.

Desviei o olhar e tirei minha agenda da mochila.

"Cada membro do clube usa um pseudônimo, que está gravado na cadeira que ocupa. Os que anotei são: Mirabilis, Theophrastus, A Profetisa e Nicolas, o pseudônimo do Mattos."

Ana me pediu a agenda. Dei. Ela ficou repetindo os nomes baixinho. De repente seu rosto se iluminou.

"Você reparou se havia alguma coisa de diferente na biblioteca, além do que nos contou? Um desenho ou algo assim?"

"No cofre. Na parte de dentro da porta do cofre havia o desenho de uma cobra mordendo o próprio rabo."

"O oroboro."

"É, o Mattos falou que tinha esse nome, oroboro. O que significa?"

"Muitas coisas."

Comecei a ficar impaciente.

"Dá pra ser mais precisa?"

"Oroboro é um símbolo com vários significados. O mais comum é o de eternidade. Era muito usado pelos alquimistas."

"Alquimistas?", o Gordo perguntou.

"Esses nomes que você anotou, André, são nomes de alquimistas famosos. Só que os caras do clube usaram os nomes menos conhecidos desses alquimistas. Por isso não identifiquei na hora. Vamos começar por Mirabilis. Doctor Mirabilis, ou Admirável Doutor, em latim, era nada menos que Roger Bacon, frade e filósofo inglês do século XIII, preso por praticar a alquimia. É citado em O *nome da rosa*. Bacon é uma das fontes de inspiração de Guilherme de Baskerville, o franciscano detetive no romance de Eco."

"Como é que você sabe essas coisas?"

"A Ana faz faculdade de História", eu disse ao Gordo.

"Mas não foi só pra faculdade. Sempre quis saber um pouco sobre história da alquimia. Também estudei esperanto. E cabala.

E a origem do pingo no *i*. Mas isso foi porque tive um namorado da Letras, nada sério."

"Você não deve ter muito o que fazer no escritório do Miranda", o Gordo comentou, mordaz.

"Mais do que você na livraria", ela rebateu.

"Quem foi Theophrastus?", perguntei.

"Era o nome verdadeiro de Paracelso. Foi ele que identificou o zinco. Curou muita gente com métodos revolucionários naquela época, usando filosofia, astrologia e ervas silvestres. Morreu dizendo ter encontrado o elixir da longa vida, uma das obsessões dos alquimistas."

"E morreu com quantos anos?"

"Quarenta e sete."

"Então não encontrou elixir nenhum", o Gordo disse.

"Ou não teve tempo de experimentar. A causa da sua morte nunca foi esclarecida. Tudo indica que foi assassinado."

"Alguém pode ter querido roubar a fórmula."

"Também pode ter sido morto por alguém da igreja. Vocês sabem, os alquimistas foram muito perseguidos pela Inquisição. Até hoje se associa o enxofre ao diabo por conta disso. Um dos elementos mais usados na alquimia era o enxofre e a igreja espalhou a ideia de que enxofre era o cheiro do demônio, associando o diabo aos alquimistas."

"E A Profetisa?"

"A Profetisa era como chamavam Maria, a Judia. Foi uma filósofa grega que viveu no Egito, provavelmente contemporânea de Aristóteles. Dizia que tinha sonhado com uma maneira de calcinar cobre com enxofre para produzir ouro."

Ana terminou de beber o chope. Depois beliscou uma salsicha e disse, num tom de quem ensina o bê-á-bá às criancinhas:

"Vocês devem saber que outra das obsessões dos alquimistas era transformar metal em ouro."

"Claro", respondi.

"Maria inventou vários equipamentos que depois foram usados na química. E criou uma técnica de aquecer lentamente as substâncias sem colocá-las diretamente no fogo, controlando a temperatura com um outro recipiente com água. Vem daí a expressão banho-maria."

"Mentira!"

"Não acredita? Pergunta ao Nicolas, quer dizer, se não se incomodar em conversar com um fantasma bem velhinho."

"Nicolas, o pseudônimo de Mattos."

"Nicolas Flamel. Já ouviu falar? Morreu com oitenta anos, aparentando muito menos. É um alquimista famoso. Reza a lenda que ele não morreu, outra pessoa foi enterrada no seu lugar com as roupas dele."

Ficamos em silêncio, eu e o Gordo, olhando estupefatos para aquela mulher sentada à nossa mesa. Ana cada vez me surpreendia mais.

"Um dia você precisa me falar sobre a cabala", o Gordo disse.

"E pra mim umas aulinhas de esperanto. Se sobrar tempo", completei.

"Vou anotar na agenda. E você sabia, Gordo, que Flamel também foi livreiro?"

"É mesmo?"

"Quando tinha uns quarenta anos, Flamel sonhou com um anjo que lhe entregava um livro. Algum tempo depois, um senhor entrou na sua livraria querendo vender um velho manuscrito. Na hora Flamel percebeu que era exatamente o livro do sonho. Comprou o manuscrito, que ele não conseguia ler, cheio de símbolos e palavras numa língua que desconhecia, e mais tarde, com a ajuda de um sábio espanhol, Mestre Canches, descobriu que ali estavam os grandes segredos alquímicos."

"Agora lembrei de mais um nome: Miquèl. Estava escrito na cadeira em que sentei."

Ela pensou um pouco.

"Miquèl de Nostradama. Ou Nostradamus, para os mais íntimos."

"Caraca!", o Gordo disse, batendo na mesa, "você sentou na cadeira do Nostradamus!"

"Não exagera, sentei na cadeira de alguém usando o nome de Nostradamus. Um nome falso."

"Mais um."

"Pois é. Mais um."

෴

Pela porta do bar eu via o movimento na Rua da Carioca. O trânsito intenso, as pessoas andando apressadas, fumaça, barulho. Eu tinha 34 anos e fazia parte daquela cidade, com aqueles ônibus, carros, aquela gente toda que nem sabia da minha existência.

Às vezes eu pensava umas coisas estranhas, como naquela noite, vendo a rua pela porta do Bar Luiz, quando me veio do nada uma pergunta, caída de paraquedas de um poema do Álvares de Azevedo: e se eu morresse amanhã? Se amanhã eu não acordasse, se tivesse um troço qualquer no meio da noite e morresse dormindo, amanhã quem sentiria minha falta? O Gordo, Ana, meia dúzia de amigos. Meu irmão talvez sentisse. Um ou outro garçom também, por pouco tempo.

Vendo as pessoas na rua, descobri que tanto fazia morrer amanhã, depois de amanhã ou dali a cinquenta anos, eu jamais teria muita gente no meu enterro.

"Ei, meu amigo, acorda!"

"Desculpa, estava pensando umas coisas."

"Sobre o livro?"

"Não, bobagens."

"Aposto que não eram bobagens", Ana disse, colocando sua mão sobre a minha.

"Eram sim. Precisamos pensar no livro, o tempo está passando."

"Será que o Mattos é um alquimista disfarçado de bibliófilo?", o Gordo perguntou.

"Os nomes podem ser uma homenagem", Ana respondeu. "Os alquimistas não estavam interessados apenas em conhecimentos ligados à química. Eram filósofos, pensadores. Por isso foram tão perseguidos pela Igreja. Muitos foram queimados pela Inquisição porque duvidavam dos dogmas. E a Inquisição também queimou livros, vocês sabem."

"Você está querendo dizer que o Mattos e seus amigos escolheram esses pseudônimos para homenagear pessoas que foram perseguidas por conta dos livros que escreveram?"

"E também pelos poucos livros que talvez guardassem em casa escondidos. Esses alquimistas eram tão amantes dos livros como os caras do grupo do Mattos."

"E por que não usaram os nomes mais conhecidos? Por que Nicolas e não Flamel?"

"Talvez quisessem fazer um jogo. Se os alquimistas precisavam se disfarçar para sobreviver, eles também usariam um disfarce, usando nomes pouco conhecidos de alquimistas famosos."

"E eu que achava que o Gordo era que tinha imaginação fértil."

"O desenho do oroboro, André. Por que na parte de dentro do cofre e não na de fora? Eles queriam parecer apenas um grupo de bibliófilos mas no fundo estavam jogando o jogo do disfarce herdado dos alquimistas."

O Gordo não havia falado nada, só escutava. Perguntei o que achava daquilo tudo.

"Acho que é uma seita."

Eu já esperava por isso. O Gordo tinha mania de ver seita em todo lugar, era um problema antigo.

"Pela descrição que você deu da biblioteca, parece coisa exotérica. A forma circular, as cadeiras com esses nomes todos. Concordo com a Ana, pode ser uma homenagem, mas não é só isso. E ainda tem esse desenho no cofre. Aliás, não sei se vocês repararam, mas a própria palavra 'oroboro' é uma cobra mordendo o rabo. Você pode ler do jeito normal ou de trás pra frente que a palavra é a mesma."

"Um palíndromo", Ana completou.

"Isso. Esse desenho só pode ser símbolo de uma seita. Eles fazem alguma coisa esquisita naquela sala, não é só leitura não. Deve rolar algum ritual satânico."

"Você é mais doido do que eu pensava."

"Nem tanto, Ana. Já conheci muito doido nessa vida pra saber que não sou um."

Ele matou o chope, deu um tempo e concluiu, numa tirada de efeito que eu conhecia de outros carnavais:

"E digo mais: estou vendo agora a ponta do novelo. Esse livro não é apenas um livro raro. O ritual satânico deve girar em torno dele. Não foi por acaso que escolheram um livro com gato preto, fantasmas, demônio disfarçado de gente."

"O título, aliás, é *Histórias extraordinárias*", comentei.

"Você está dando corda pra essa maluquice, André?", Ana me perguntou, espantada.

Não respondi.

"Acho que precisamos de ajuda", o Gordo disse.

"Também acho. Você principalmente", Ana falou, rindo.

"Precisamos de uma pessoa, alguém que entenda direito esses símbolos. Posso fazer uma pesquisa por minha conta mas ganharíamos tempo se tivéssemos alguém que pudesse nos dar uma luz."

"Não conheço ninguém", eu disse.

O Gordo olhou para Ana.

"Eu também não."

Ele chamou o garçom e pediu outra rodada de chope, antes de dizer:

"Eu conheço."

✺

O Gordo digitou um número no celular e colocou no viva-voz.

"Fala, Gordo."

"Tudo certo, meu amigo? Onde você está?"

"Na Praça da Bandeira."

"O que você está fazendo aí a essa hora, Diego?"

"Tomando cerveja e comendo bolinho de feijoada."

O Gordo olhou para mim:

"O cara está no Aconchego." E depois, voltando a falar no celular: "Vida difícil, hein, camarada?"

"Depois de aturar um monte de alunos pentelhos o dia todo, é o mínimo que eu mereço. O que é que você manda?"

"Eu ia te pedir pra vir se encontrar com a gente, no Bar Luiz, mas a hipótese de comer bolinho de feijoada falou mais alto. Estamos indo pra aí. Preciso fazer uma consulta com você."

"Consulta? Virei médico agora?"

O Gordo riu.

"Já estamos chegando, não vai acabar com o estoque de cerveja."

"Prometo que vou tentar."

O Gordo desligou e pediu a conta ao garçom, cancelando os chopes que havia pedido.

"Por que o Diego? O que é que ele entende de alquimia?", perguntei.

"Sabe aqueles livros que comprei dele? Quando abri a caixa, tinha um livro sobre alquimia lá dentro. Eu não comprei aquilo, só pode ter vindo por engano. E lembra que ele falou que é professor de química?"

∽

Pegamos um táxi, o trânsito estava tranquilo e em quinze minutos descíamos do carro na Barão de Iguatemi, em frente ao Aconchego Carioca.

Ana não conhecia o Aconchego. Assim que chegamos ela olhou para o bar do outro lado da calçada, o Bar da Frente.

"Que nome gozado."

"Lá dentro te conto a história", falei, colocando o braço sobre o seu ombro.

Entramos.

Diego estava sentado, sozinho, numa mesa no fundo.

"Bolinhos de feijoada, pra começar", o Gordo disse ao garçom, enquanto nos acomodávamos na mesa. E completou:

"Sem a batida de limão. Não estou a fim de misturar, se é que você me entende."

O garçom entendeu, já conhecia o Gordo. Os bolinhos são feitos com massa de feijão e recheados com couve e bacon, acompanhados de torresmo e batida de limão. Uma vez o Gordo exagerou nos bolinhos e na cerveja e quase saiu carregado do bar. Botou a culpa na batida, que ele nem chegou a beber.

Colocamos o Diego a par das novidades. Ele agora dispunha de todos os dados da investigação e acabara de ser promovido a nosso assistente para assuntos alquímicos, como disse o Gordo.

Fui direto ao assunto:

"Onde entra a alquimia nessa história? É uma pista, tudo bem, mas o que você acha que significa?"

Por um instante ele ficou olhando o movimento na rua. Depois me respondeu:

"Não é assim que funciona."

"Não entendi."

"A alquimia é diferente."

"Diferente como?"

"Diferente de tudo que você conhece. Pra começar, não dá pra decifrar os símbolos dessa forma, procurando respostas concretas, imediatas. Você sabia que Jung passou quinze anos estudando esses símbolos? E foi muito criticado, disseram que ele simplificou demais, que forçou a barra na interpretação."

"Mas a alquimia não é a base da química, da ciência moderna e tudo mais?", o Gordo perguntou. "Não é isso que os historiadores dizem? Então esses símbolos não podem ser tão complicados."

"Nem todos os historiadores dizem isso", Ana interrompeu.

Diego olhou para ela, com um sorriso de cumplicidade.

"Na verdade, a ciência moderna tem pouco a ver com a alquimia", ele continuou. "Ambas trabalham com a matéria, com elementos da natureza, mas os princípios são diferentes."

"Por exemplo?"

"Para os alquimistas, tudo no universo é único. Não existem duas plantas iguais, dois elementos iguais, duas pessoas iguais. E, portanto, não existem duas experiências iguais. Se você entrar no seu laboratório de todos os dias e misturar os mesmos elementos de sempre, nas mesmas quantidades e condições de temperatura, pressão etc., ainda assim a experiência que você fizer hoje não será igual à de ontem. O mais importante, pra eles, não é o resultado da experiência em si mas a mudança que se dá no *observador*. Um químico não pensaria dessa forma."

"Tem outra coisa", Ana completou, "ao contrário do que pensa, ou pensava, a ciência moderna, o observador sempre interfere no objeto observado. Sempre. Não existe neutralidade. E o observador muda entre uma experiência e outra. Ele é e não é a mesma pessoa. Entre uma e outra experiência, existe a passagem do tempo."

"O cara envelhece", comentei.

Diego matou a cerveja. O Gordo encheu novamente o copo. Nosso professor continuou sua breve aula improvisada.

"É, meu caro, o observador envelhece. Mesmo que tenha sido algumas horas, um dia, ele envelheceu entre uma experiência e outra. E nesse intervalo o mundo também mudou. A natureza mudou. Por isso uma experiência alquímica pode passar de geração a geração, pode levar décadas, séculos."

"Acho que não temos tanto tempo assim", o Gordo disse, abrindo espaço na mesa para os bolinhos que o garçom acabava de trazer.

Diego pegou a carta de cervejas e a entregou ao meu amigo.

"Prova a Delirium tremens. É belga."

"Você já bebeu?"

"Não, mas dizem que é ótima."

O Gordo segurou o cardápio.

"Delirium tremens é o que eu vou ter na hora de pagar a conta. Setenta pratas por uma garrafa de cerveja é um pouco demais para um pobre livreiro como eu."

"Por que você acha que nunca experimentei?"

"E queria experimentar agora, às minhas custas."

"Você vai estar cheio da grana daqui a alguns dias, não vai?"

"Se você me ajudar, quem sabe?"

O Gordo fechou o cardápio e pediu uma Original.

"A gente não quer que você decifre símbolo nenhum", eu disse, "só queremos saber se o sumiço do livro pode ter a ver com esse negócio de alquimia, com o fato de os membros do clube de bibliófilos usarem como pseudônimo nomes de alquimistas e tal."

Ele olhou para as redes dependuradas no teto do bar, redes de dormir de cores variadas. O Gordo uma vez me disse que seu sonho era deitar numa delas sem se esborrachar no chão.

"Claro que tem a ver."

༜

Diego insistia nas pausas estratégicas. Aquilo me torrava a paciência mas tudo bem. Se um bando de alquimistas malucos sabia esperar, eu também saberia.

"Você viu se em alguma das cadeiras estava escrito Isaac?", ele me perguntou.

"Não vi todas, mas nas que vi não tinha nenhum Isaac. Por quê?"

"Me ocorreu uma ideia. Olhei pra essas redes no teto e me lembrei de Newton, Isaac Newton."

"O da maçã?", o Gordo perguntou.

"Pouca gente sabe que Newton realizou vários experimentos alquímicos. E que nas últimas décadas da sua vida se dedicou a reunir suas ideias sobre mecânica com os conhecimentos de alquimia."

"E o que isso tem a ver com o roubo do livro?"

"Poe foi um escritor que, num certo sentido, tinha a ver com Newton. Como todo alquimista de verdade, Newton queria juntar, no mesmo pensamento, a exatidão, a concretude da matéria e o caráter metafísico da natureza, dos elementos da natureza. Poe também buscava essa mistura, a precisão quase matemática da escrita com uma dimensão sobrenatural por trás de cada conto, de cada poema. 'O corvo' é isso. 'Assassinatos da Rua Morgue' também."

"Tem uma hora no conto em que todos, até a polícia, acreditam que os crimes não foram cometidos por alguém de carne e osso", falei.

"Não é? As pessoas começam a pensar que o crime foi obra de algum monstro. Só um monstro, só o demônio poderia ter feito aquilo."

"Concluindo, você acha exatamente o quê?", o Gordo perguntou, pegando mais um bolinho.

Era o terceiro que ele devorava em poucos minutos. Ele pegou o bolinho e me olhou com jeito de quem pergunta: posso pedir outra porção? Eu não era seu pai nem nada mas o Gordo me olhou como se eu fosse. Fiz sinal para que esperasse um pouco.

"O André falou que o Mattos é um senhor gentil, educado, uma pessoa do bem", Diego falou, esvaziando o copo. Tive a impressão de que ele já estava ficando meio tonto. Ainda mantinha a lucidez mas a voz começava a ficar ligeiramente enrolada.

"Foi o que pareceu."

"E no entanto faz parte, ou talvez seja o líder, o presidente, sei lá, de um grupo de bibliófilos cheio de segredos, que se reúne numa biblioteca que lembra uma catedral renascentista, pelo que você descreveu, um grupo ligado aos antigos alquimistas e que resolve pagar bem alto por um livro de Poe cheio de contos macabros, que não por acaso se chama *Histórias extraordinárias*."

"Mattos é leitor de Poe, que tem a ver com Newton. Até aí ficou claro", falei.

Diego pediu ao garçom que trocasse seu copo.

"Vocês gostam de camarão?", perguntou.

Eu não estava com fome. Ana e o Gordo aprovaram.

"Almofadinhas de camarão, por favor", Diego pediu ao garçom.

E logo depois, para mim:

"Os nomes nas cadeiras. Mirabilis, Nicolas, Theofrastus. Ou Bacon, Flamel, Paracelso. Nenhum deles era maluco de carteirinha, André. Eram estudiosos, descobriram coisas importantes, e Maria foi uma filósofa contemporânea de Aristóteles, que, diga-se de passagem, era um pensador das ciências naturais, você deve saber. Sua *Arte poética* se baseia em noções da biologia, como o conceito de gênero, por exemplo. E Nostradamus também não era exatamente um doido varrido, convenhamos. Por isso perguntei se você viu o nome Isaac. Newton cai como uma luva nesse time. E o que quero dizer, bom, você já deve ter entendido o que quero dizer."

Não respondi na hora. Pensei um pouco e falei:

"Só me diga se estou certo, errado ou mais ou menos. Sua hipótese é a de que Mattos e seus amigos do clube de bibliófilos são como esses alquimistas aí, Paracelso, Flamel, Newton etc. Um pé na realidade e outro no delírio."

"Não no delirium tremens", o Gordo disse, e ninguém riu.

Ana completou meu raciocínio:

"E Thomas sabe disso, sabe como funciona o clube."

"Exatamente", Diego falou, batendo com a mão na mesa, "é isso aí, Ana."

Ela concluiu, olhando para Diego:

"Esse mordomo é astuto e conhece bem o seu patrão. Se entendi direito, você está insinuando que Thomas sabe como a cabeça do Mattos funciona. Um senhor sensato, lúcido, com as ideias no lugar, mas também com um lado místico, como os alquimistas."

"Como Poe", o Gordo arrematou.

"Por isso é que eu gosto de conversar com pessoas inteligentes", Diego disse, "a gente não precisa explicar demais as coisas."

O garçom trouxe um novo copo para Diego. O Gordo lhe serviu mais cerveja. Ele bebeu com calma, saboreando, depois colocou suavemente o copo sobre a mesa.

"Não acredito que o mordomo tenha planejado o roubo do livro do dia pra noite, André. Deve ter passado anos observando o Mattos e seus amigos do clube. Ele sabia o que estava fazendo. Não resolveu roubar qualquer livro. Não é só um livro raro ou de valor afetivo, como te contou o Mattos. Tem mais alguma coisa."

"Sim, mas o quê?"

Chegaram as almofadinhas, preparadas com massa de tapioca e recheio de camarão. E outra cerveja, geladíssima.

"Escuta o que vou te dizer, André", ele falou. "Escuta bem, meu amigo, anota aí. Esse livro tem algum poder."

"De que poder você está falando? Sobrenatural?"
Ele piscou o olho para mim e sorriu, sem responder.

༄

O Gordo ficou sério. Noutras ocasiões, faria alguma piada com a fala de Diego, mas naquela hora não disse nada, apenas franziu as sobrancelhas. Diego pediu licença e foi ao banheiro. Ao sair esbarrou na mesa e quase derruba a cerveja.
"O que você acha?", perguntei ao Gordo.
"Não sei ainda. Preciso de um tempo."
Enchi meu copo.
"Por que você não me conta do bar, André, esse aí da frente?"
Eu estava mesmo precisando daquilo, daquela mudança de assunto, nem que fosse por alguns minutos.
"Antes o Aconchego ficava do outro lado da rua. Uma mulher e sua filha frequentavam o bar e quando o dono resolveu se mudar pro lado de cá, as duas resolveram ficar onde estavam e abriram um outro boteco no mesmo lugar do antigo Aconchego. E deram o nome de Bar da Frente."
"É verdade isso, Gordo?"
"Mais ou menos. Essa parte de a mãe e a filha não quererem sair de onde estavam o André inventou. O resto é verdade, eu acho."
"A mulher e a filha são mesmo donas do bar? Posso ir lá perguntar?"
"Pode", respondi.
Ela ficou olhando pela porta do Aconchego o Bar da Frente. É pequeno, simpático, tem petiscos deliciosos e o que eu contei é verdade. Sempre conto essa história para os turistas. Eles adoram.
Na parte do bar que fica na calçada, em frente ao ponto de ônibus, um cara mais ou menos da minha idade bebia cerveja e olhava para a gente, enquanto olhávamos para ele. Será que ele estava me vendo, como eu o via?
"Então o nome certo deveria ser Bar no Lugar do Outro", Ana falou.

"Também poderia ser Bar do Outro Lado", o Gordo disse.

"Ou Bar do Lado de Lá."

"Ficaria bom também, mas Bar do Outro Lado tem mais a ver com nossa conversa. Parece história de assombração, Bar do *Outro Lado*."

"Também poderia ser Bar da Anticalçada", falei, entrando no jogo, justamente na hora em que Diego voltava do banheiro.

"Nada a ver", o Gordo disse, "parece ficção científica."

"Ficção científica?"

"É, anticalçada, antimatéria. Além disso, não se trata de anticalçada mas de *outra* calçada."

Diego olhou para a gente por um tempo, antes de dizer:

"E eu que pensei que tivesse bebido demais."

9

No dia seguinte, às nove da manhã, acordei com o barulho insuportável do interfone. Era o mesmo som de sempre, nem alto nem baixo, mas naquela hora, eu com a cabeça pesando toneladas pela ressaca acumulada de dois dias, o som do interfone soou como uma vuvuzela dentro dos meus ouvidos.

Fui atender. Era o porteiro:

"André, tem um rapaz aqui embaixo querendo falar com você. O nome dele é Clovis."

"Não conheço nenhum Clovis."

"Ele diz que te conhece."

Putz. Lembrei.

"Pergunta o que ele quer."

"Ele disse que vai te esperar lá fora, no carro."

Aos poucos minha memória foi me dando as coordenadas. Na noite anterior, o Gordo combinou uma reunião na livraria, comigo e com o Diego, para continuarmos a conversa sobre os alquimistas. Ana disse que não poderia ir, o Miranda iria precisar dela no escritório.

Tomei uma ducha, vesti uma roupa qualquer. Abri a geladeira e bebi meia garrafa d'água, no gargalo.

༄

"Você tem sono pesado!"

Era a segunda manhã seguida que o Clovis me pegava em casa e nas duas eu estava com cara de quem varou a noite.

Seguimos em silêncio.

"Lembra aquele meu projeto, do motel-fazenda?"

"Como esquecer?"

"Fica tranquilo. Hoje não vou falar dele."

Ergui as mãos para o céu.

"Só queria te dizer que o negócio é quente, André. Sei que você e o Gordo são sócios aí nesse caso do livro, ele me contou tudo."

Que novidade!, pensei comigo.

"E sei que vai rolar uma bolada alta. Ele não me disse quanto, mas não tem importância, vai ser muito, não vai? Então queria te fazer a mesma proposta que fiz a ele."

"Que proposta, Clovis?"

"Sai dessa vida, André, isso não dá futuro a ninguém, é pior do que livraria. Ficar correndo atrás de bandido, deixa essa história pra polícia."

"Repetindo: qual é a proposta, Clovis?"

"Podemos ter uma sociedade a três. Eu, você e o Gordo. Ontem fui visitar o sítio, em Guapimirim. Fica a uma hora do Rio. É perfeito, vai dar pra dividir em territórios, como eu tinha pensado. A acústica ainda é um problema, mas com sua inteligência resolvemos isso."

"É impressão minha ou você está puxando meu saco?"

"Verdade, você é inteligente. Você e o Gordo formam uma bela dupla. O problema é que vocês leem demais. Quem lê demais nunca vai ficar rico."

Fiquei pensando se ele tinha razão. Talvez tivesse, mas eu não iria lhe dar esse mole.

"Não tem nada a ver, Clovis."

"Tem sim. Vocês metem o nariz nesses romances policiais e esquecem que a vida aqui fora é diferente, não é como nos livros."

"Você não percebeu ainda que estamos num caso policial de verdade?"

"Eu sei, mas vocês agem como se fossem detetives de romance. Detetive de verdade é diferente, não fica andando atrás de livro nem se mete com cartomante."

"E faz o quê?"

"Espiona os outros. Detetive ganha a vida investigando golpe em seguradora, grampeando telefone, essas coisas. E juntando provas de adultério também. É o trabalho que mais aparece."

"Como você sabe disso?"

"Tenho minhas fontes."

"Afinal de contas, você é o quê na vida, Clovis? Além de filósofo, dono de motel-fazenda e motorista de táxi."

"A gente tem que diversificar, André, acompanhar o movimento do mundo, não ficar isolado. Nenhum homem é uma ilha, aprende isso."

"Valeu pela informação."

"Nem escritório vocês têm. Já viu um troço desses, detetive particular sem escritório?"

"Eu tenho escritório."

"Tem? Ah, esqueci que você tomou o lugar do tal do Miranda. Boa sacada essa, tenho que admitir. Mas não vai dar certo."

"Por que não?"

"Mais cedo ou mais tarde ele vai descobrir. E vai acabar com a farra de vocês. Esse Miranda deve ser detetive de verdade, não é como você e o Gordo."

"O que você faria se estivesse no nosso lugar?"

Ele não respondeu na hora.

"Nesse caso aí, do livro?"

"É, o que você faria?"

"Dava uma prensa no velho."

"No Mattos?"

"Ele mesmo. Esse coroa tem culpa no cartório, anota o que estou dizendo. Vocês ficam correndo pra cima e pra baixo atrás de um livro e, no fundo, o velhote está enganando vocês. Têm certeza de que o Thomas fugiu?"

"De férias é que ele não está."

"Quer saber de uma coisa, André? Quer saber mesmo a minha opinião?"

"Diga lá."

"O Mattos assassinou o Thomas."

"Ficou maluco, Clovis?"

"Não sei o motivo, isso vocês vão ter que descobrir dando uma prensa no seu cliente. O Mattos deu um fim no Thomas, sumiu com o corpo e inventou essa história de livro roubado pra não ter problema com a polícia. Vocês estão procurando um morto."

"E por que o Mattos iria contratar um detetive?"

"Pra saber até que ponto o plano deu certo. Ele está colocando seu plano à prova, entendeu?"

"Não."

"É simples. Ele contratou um detetive experiente e corrupto. Pelo que o Gordo disse, esse Miranda é um pilantra. O Mattos não tem muito jeito pra matar pessoas, é provável que tenha sido o seu primeiro assassinato. Ele fez o que achava mais correto, matou o Thomas e deu um jeito de se livrar do corpo. Mas não tem certeza se a polícia engoliria essa lorota de o Thomas ter fugido. Então ele contrata um detetive profissional, tarimbado, pra achar o Thomas. Se achar, o plano precisa ser refeito. Se não achar tudo bem, o Mattos pode dormir tranquilo."

"Sua hipótese é tão ridícula que pode até fazer sentido."

"Então."

"Só uma pergunta, Clovis."

"Manda."

"Digamos que o Miranda, ou o cara que o Mattos pensa que é o Miranda..."

"Que vem a ser você."

"Sim, eu. Digamos que eu encontre o Thomas, ou os restos mortais do Thomas. Nesse caso, eu poderia simplesmente entregar o Mattos à polícia, não acha?"

"*Você* faria isso, mas o Miranda não. Por isso eu falei: o Mattos procurou um detetive experiente *e* corrupto. Se o detetive encontrasse o Thomas, é claro que não iria à polícia. Iria querer arrancar dinheiro do Mattos pra ficar calado. Ora, dinheiro não é problema pro cara, ele tem de sobra. Então, nesse caso, o que ele faria? Um acordo com o Miranda. Pagaria ao Miranda não apenas pra ficar calado mas pra ajudá-lo a refazer o plano, de modo que a polícia não descobrisse nada."

"Estou começando a entender."

"Já era tempo. Ufa!"

"O Mattos estaria usando o Miranda pra testar a eficácia do seu plano. E usaria o Miranda de novo se o plano não fosse perfeito."

"Isso mesmo, irmão."

O Clovis ia começar a dizer alguma coisa quando foi interrompido pelo toque do meu celular. Era o Mattos.

"Bom dia, Miranda. Onde você está?"

"Num táxi."

"Ótimo. Aproveita e pede pro motorista te levar até a confeitaria Colombo, no Forte de Copacabana."

"Agora não dá. Tenho outro compromisso."

"Você não entendeu, preciso falar com você agora. O Thomas fez contato."

Liguei para o Gordo e contei o que estava acontecendo. Pedi que ligasse para o Diego, desmarcando o encontro na livraria.

"Mudança de planos, Clovis. Vamos pro Forte de Copacabana."

Ele me olhou pelo retrovisor e pensei que fosse me perguntar por que a troca de itinerário assim de uma hora para outra. Acabou não perguntando nada. Melhor, eu não iria responder mesmo.

Chegamos ao Forte. Ele me deixou na entrada.

"Dá duro no velhote, André, seja homem!", o Clovis falou, quando desci do carro.

⁂

Mattos estava sentado numa mesa do lado de fora, à sombra das amendoeiras. Ao fundo, a vista magnífica da praia de Copacabana.

Fui até ele. Estava mais tenso do que na última em vez que nos vimos. Nem apertou minha mão.

Sentei, ajeitei a mochila numa cadeira. Ele me estendeu um envelope pequeno, de carta, aberto.

"Chegou hoje."

Antes de ver o conteúdo, verifiquei o verso. Sem remetente. Conferi o carimbo do correio. A carta fora postada numa agência do centro da cidade.

"Está aí dentro, pode pegar", ele disse, apontando para o envelope.

Sua mão tremeu ligeiramente, como da outra vez. De dentro do envelope retirei um pequeno pedaço de papel. Li, em letras impressas: SE QUISER SEU LIVRO DE VOLTA NÃO CHAME A POLÍCIA, AGUARDE O PRÓXIMO CONTATO.

"Não tinha mais nada no envelope?"

"Não. Só esse bilhete."

O garçom se aproximou da mesa. Mattos pediu pastéis de Belém e cappuccino. Pedi um expresso, água mineral e torradas de Petrópolis.

"Experimenta os casadinhos", Mattos sugeriu.

"Não, melhor não. Casadinhos não."

O garçom anotou os pedidos e saiu. Fiquei olhando o mar e pensando como minha vida estava dando voltas tão rápido. O que eu estava fazendo ali, com um cliente que não devia ser meu, conversando sobre um bilhete escrito por um sequestrador de livro?

"O que você acha, Miranda?"

"Estranho. Por que o ladrão não ligou pro senhor? Por que mandou esse bilhete pelo correio?"

"Talvez tenha ficado com medo de ser rastreado."

"Ele poderia ter ligado de um orelhão. Deve haver outro motivo."

"Qual?"

"Não sei ainda."

"E o que você acha que eu devo fazer?"

"Nada, por enquanto. Ele fez contato pra que o senhor saiba que o livro está com ele. Da próxima vez vai dizer quanto quer pra devolver."

"E por que não pediu logo?"

"Ele quer deixá-lo à beira de um ataque de nervos. E pelo visto está conseguindo."

Os pastéis de Belém chegaram e Mattos devorou o primeiro em poucos segundos. Parecia estar precisando muito de açúcar.

Fiquei observando suas feições enquanto comia outro pastel e bebericava o cappuccino.

"O que o senhor entende de alquimia?", perguntei, à queima-roupa.

Ele não se abalou com a pergunta.

"Li uma coisa aqui, outra ali. Você deve estar perguntando por causa dos nomes nas cadeiras da biblioteca."

"E do desenho também. O oroboro."

"Nada disso foi ideia minha. Um dos fundadores do clube sugeriu que adotássemos pseudônimos tirados de nomes de alquimistas. Foi ele também que deu a ideia do oroboro. É uma palavra interessante, sua forma corresponde ao seu significado, a serpente eternamente em movimento."

"Devorando a si mesma."

"Depende da interpretação. Pode estar se devorando ou apenas brincando com seus limites. Finge que morde a própria cauda."

Bebi um copo d'água e depois um pouco de café. Aquilo me fez bem, já estava me sentindo melhor. Provei uma torrada.

"Como são as reuniões do clube?"

"Normais. Conversamos sobre livros, edições antigas, sempre alguém leva alguma novidade, uma nova aquisição. Nada de especial, acredito aliás que sejam encontros bem entediantes pra quem não é do ramo."

"O Thomas nunca entrou na biblioteca durante uma reunião?"

"Entrava às vezes pra servir um chá, ou um licor."

"Em alguma dessas vezes o livro de Poe estava na mesa com vocês?"

"Não que eu me lembre."

"O livro esteve na mesa tantas vezes assim, a ponto de o senhor não se lembrar?"

"Minha memória já não é lá grandes coisas, Miranda."

"Desculpe perguntar, mas quantos anos o senhor tem?"

"Fiz 78 semana passada."

Levei um susto. Ele aparentava uns vinte anos menos. Mattos percebeu minha surpresa.

"Também me cuido, não é só você", ele disse, sorrindo.

"Só a memória é que anda rateando."

"Fazer o quê, não é?"

Queria perguntar sobre Clarice mas não sabia como. Achei melhor deixar para outra oportunidade, Mattos havia consultado o relógio duas vezes e logo pediu a conta, devia estar com pressa.

"Posso ficar com o bilhete?"

Ele me passou o envelope.

"Pelo menos o senhor sabe que vai poder ter o livro de volta, que ele não será vendido pra outra pessoa. O ladrão só quer o seu dinheiro, não quer o livro."

"Nunca passei por uma situação dessas, Miranda. Confesso que estou com medo, não imaginava que Thomas estivesse envolvido em jogo e que fosse capaz de me explorar desse jeito, levando meu bem mais precioso. Se foi capaz de fazer isso, o que ainda pode fazer?"

Eu tinha uma ou duas respostas para aquela pergunta mas preferi não dizer nenhuma. Um abraço funcionaria melhor naquele momento. Foi o que fiz, dei um abraço no meu cliente e senti na hora saudades do meu pai. Eu não deveria sentir essas coisas, não combinava com um detetive profissional. Ainda bem que o Clovis não estava por perto.

༄

Depois que Mattos se foi ainda fiquei uns minutos, fazendo algumas anotações na agenda. Terminei meu café e saí.

Mal coloquei os pés no calçadão de Copacabana senti que alguém me seguia. Achei melhor continuar andando, sem olhar para trás.

Pouco depois ouvi chamarem meu nome. Me virei e lá estava ela, Bruna.

"Me espionando?"

"De jeito nenhum. Eu falei que estava preocupada com meu pai. Ele saiu de casa sem dizer aonde ia e achei melhor segui-lo. Será que podemos sentar, tomar alguma coisa?"

Nos sentamos num quiosque logo adiante. Pedi duas águas de coco e contei a ela sobre minha conversa com Mattos.

"Posso ver o bilhete?"

Tirei da mochila o envelope. Ela abriu e leu.

"Até agora não consigo acreditar que isso esteja acontecendo de verdade. Parece um pesadelo."

"Mas é bem real."

"O que você acha disso tudo?"

"Thomas está explorando a fragilidade emocional do seu pai. Reparei que ele anda com as mãos trêmulas. Mattos tem algum problema de saúde?"

"Ele está tomando anti-inflamatórios. E também uns suplementos alimentares. Não é nada grave, meu pai sempre gostou de fazer exercícios, adora correr no calçadão, mesmo nessa idade. Andou exagerando e teve problemas musculares. O médico receitou uns comprimidos. E depois que o livro sumiu ele tem dormido pouco, se alimentado mal. Deve ser isso."

Ela respondeu sem me olhar nos olhos.

"Você está mentindo pra mim."

"Eu?"

Olhei nos olhos dela. Ela sorriu e pegou minhas mãos.

"Você tem dedos longos", ela disse, e depois virou minha mão, com a palma para cima.

Fingiu uma cara séria.

"Vejo que o senhor é ousado. Essa linha aqui, essa é a linha do amor. Pelo traço posso ver que gosta de correr riscos no amor. Não espera as coisas acontecerem, é do tipo que corre atrás. E sabe seduzir as mulheres."

"O que mais a senhora vê, madame? Diga-me tudo, não me esconda nada."

"Vejo também que o senhor é infiel. Não é homem de uma mulher só."

"Acho que a senhora está vendo demais."

"Será?"

Ela soltou minha mão e voltou a se recostar na cadeira. Tinha um olhar distante.

"Você precisa pegar a ponte área pra São Paulo hoje mesmo."

"Eu não vou atrás da sua irmã."

"Você já pensou que a Clarice pode estar correndo perigo? Esse Thomas é um bandido."

"Foi você quem disse que eles estão tendo um caso. E ela não viajou forçada pra São Paulo, viajou?"

"Por que não?"

"Você acredita mesmo que sua irmã é inocente?"

Ela respirou fundo. Bebeu a água de coco.

"Não sei mais em que acreditar."

"De todo modo, não vou a São Paulo."

"É uma pista, Miranda. Você é um detetive ou não é?"

Aquilo me irritou. Deixei passar, precisava manter a calma.

"São Paulo não é uma cidadezinha do interior. Não vou chegar lá e sair batendo de hotel em hotel perguntando: a Clarice está hospedada aqui?"

"Ela não está em hotel."

"Como você sabe?"

"Clarice tem uma grande amiga em São Paulo. Deve estar na casa dela. Claro, se é que foi mesmo por vontade própria. Posso te dar o endereço dessa amiga."

"Não, não vou. Tenho outras pistas."

"Quais?"

"Prefiro não dizer agora."

Ela pegou meu rosto com as duas mãos. Senti seu perfume, a boca bem próxima da minha. Nossas pernas se tocaram debaixo da mesa.

"Não confia em mim?", ela perguntou, eu a um passo do precipício.

Nem tive tempo de responder. Bruna me beijou, não como da primeira vez, um beijo de verdade agora, digno do cenário em que estávamos. De olhos fechados, sentindo os lábios de Bruna e a maresia no rosto, quis que o mundo acabasse ali (ou algumas quadras depois, no meu apartamento).

10

Quando Bruna foi embora, no final da tarde, descobri que é possível ficar tonto sem ter bebido uma gota de álcool sequer. Fechei a porta do apartamento, acho que fechei, caminhei cambaleante entre os móveis e desabei no sofá.

Fiquei olhando para o teto e me perguntando de onde tinha vindo aquela sorte repentina com as mulheres. Sempre fui muito tímido, nunca soube abordar uma mulher na rua, ou no bar, mas desde que banquei o detetive pela primeira vez, há oito anos, parece que o espírito de Dom Juan baixou em mim, não sei. Antes eu só pegava mulher feia, quando pegava. De uma hora para outra apareceram Raquel, Mariana, Lívia, e agora essas duas deusas: Ana e Bruna.

Chegava a ser um pouco assustador, talvez eu devesse ler mais Conan Doyle e menos Dashiell Hammett, para temperar um pouco as coisas. Pensei ali, no sofá, que talvez minhas leituras nos últimos anos tenham tido influência no surgimento daquele fenômeno e ter pensado assim só comprovou que eu não estava muito bom da cabeça, não mesmo.

Quem sabe eu não tivesse realmente ficado com Bruna a tarde toda naquele apartamento, experimentando fantasias que eu nem pensava que tinha? Essa mulher pode ter sido apenas um sonho, por que não?, fiquei repetindo para mim mesmo, agora não mais no sofá mas no banheiro, de frente para o espelho.

André, quem és tu?, perguntei em voz alta, olhando meu rosto e exagerando na expressão dramática. E Bruna, André, Bruna existe de verdade ou é mais um produto da tua imaginação desvairada?

Não foi preciso responder, bastou olhar para a pia e ver que aquela calcinha cor de vinho, minúscula, fazia parte da realidade (e que realidade!).

Apanhei a calcinha e por um segundo pensei em guardá-la no armário. Depois me dei conta de que era uma cena ridícula, como se aquele pedaço de pano fosse um troféu. Também não tive coragem de jogá-la no lixo. Coloquei-a no bolso da bermuda, vesti uma camiseta qualquer, calcei um chinelo e fui para a rua.

Estava com fome. Caminhei algumas quadras até o Trattoria. Entrei no restaurante convicto do que iria fazer: comeria um *penne all'arrabbiata* acompanhado de duas tônicas com laranja e bastante gelo. Depois voltaria para casa e dormiria três dias. Um belo plano, fiquei feliz comigo mesmo por ter tomado essa decisão.

Escolhi uma mesa de canto, à esquerda de quem entra. Dali podia ver todo o salão. Sentia um cansaço bom, o corpo leve, leve.

O garçom se aproximou, simpático.

"Um chope, por favor. Com colarinho."

Juro que minhas cordas vocais se prepararam para pedir água tônica com gelo e laranja mas alguma coisa dentro de mim, vinda do fundo da minha alma, deu outra ordem. Olhei em volta e entendi o que minha intuição estava querendo dizer: seria uma completa heresia estar ali, depois de ter passado uma tarde maravilhosa com uma mulher sensacional, e não pedir um chope gelado.

Fiquei observando as pessoas em volta. Será que algum daqueles caras era o Espinosa, o delegado de polícia dos romances do Garcia-Roza? O delegado costumava jantar no Trattoria. Fiquei olhando para os homens no restaurante, vendo se achava o Espinosa. Em dois minutos concluí que seria mais agradável procurar a namorada dele, Irene.

Enquanto observava as mulheres, vendo se alguma se parecia com a imagem que eu tinha da Irene, aconteceu algo insólito. Em outras circunstâncias seria uma cena normal, mas toda aquela investigação andou mexendo comigo. Eu estava rastreando as pessoas com meu olhar quando de repente, lá no fundo no restaurante, entre duas cabeças, vi uma terceira, bem no meio delas.

Levei alguns segundos para entender que se tratava de um espelho, um espelho grande, ocupando boa parte da parede. Aquela cabeça intrusa era a minha, aquele sujeito lá no fundo era eu.

E nessa hora a única frase que me veio à mente, as únicas palavras que me ocorreram foram: nossa, como estou velho!

⁂

O celular tocou, me desviando, felizmente, daquele inesperado encontro comigo mesmo. Era o Gordo. Coloquei-o a par das novidades. Ele ignorou solenemente a minha conversa com Mattos. Queria saber apenas, palavras dele, da minha tarde de amor com a indiazinha da Gávea.

Depois liguei para Ana. Ela disse que o Miranda havia perguntado por mim. Estava estranhando o meu sumiço. Perguntei se ela achava que ele estava desconfiado de alguma coisa. Ana respondeu que não, o Miranda estava envolvido numa nova investigação, uma suspeita de adultério (o Clovis estava certo), não tinha tempo para mais nada. Por conta disso ela estava trabalhando dobrado, sem folga.

No final da conversa com Ana, na hora de me despedir, bateu uma sensação de culpa, fininha e traiçoeira, que ameaçava sutilmente arrasar o meu jantar. Não deixei.

⁂

Voltei para casa a pé.

Entrei e fui direto à minha geladeira amarela, que fica na sala, se é que se pode chamar aquilo de sala e aquele estranho objeto de geladeira.

Quando me mudei para o conjugado em Copacabana, um vizinho estava querendo se desfazer de uma geladeira velha que não funcionava mais. Não tinha motor nem nada, só a carcaça, com ferrugens aqui e ali. Ele me perguntou como jogar aquele traste no lixo. Respondi que era melhor levar para um ferro-velho. Ele disse que não tinha tempo. Eu estava precisando de uma estante para os meus livros, então olhei bem a geladeira e pensei: serve.

É uma geladeira antiga, daquelas arredondadas nas pontas, nem se fabrica mais. Eu mesmo dei um jeito na ferrugem e pintei tudo de amarelo. Na parte superior da porta, do lado direito, colei um adesivo com o escudo do Botafogo. Ao lado, uma dessas cadernetas com ímã para anotar recados, e que eu usava como agenda dos meus roteiros com os turistas pelos bares. Ficou bacana. Abri a porta da geladeira e tirei meu surrado exemplar de *A inocência do Padre Brown*, de Chesterton. Havia um conto do livro que eu precisava reler, "A forma errada". Me preparei para dormir e fui para a cama com o Padre Brown. Na sua companhia segui por algumas páginas até cair no sono, antes de terminar o conto.

Antigamente eu tinha, digamos, um problema: se começasse a ler uma história policial, só parava quando a história acabasse. Era um transtorno para mim e para minha namorada na época, Raquel, porque pretendíamos nos casar e eu não conseguia parar em emprego nenhum. Fui demitido de uma loja de ferragens e de uma biblioteca porque me pegaram, mais de uma vez, lendo durante o expediente.

Superei essa fase e agora consigo fechar um romance ou um conto policial numa determinada página e retomar a leitura no dia seguinte. Não sou mais um maluco, como diziam meu irmão e minha ex-namorada.

༶

No dia seguinte, uma sexta-feira, acordei com o toque do telefone. Era de uma das empresas de turismo para as quais eu prestava serviço. A moça com quem eu tratava, Dolores, odiava ser chamada de chuchuzinho. Era assim que o ex-marido a chamava, antes da separação.

"Diga lá, meu chuchuzinho", falei.

"Não sou seu chuchuzinho."

"Diga lá, meu docinho."

"Tenta de novo."

"Princesa, talvez?"

"Seguinte, André: tem um pessoal aqui, americanos. Um deles fala português. Eles se interessaram pelo Matusalém."

Matusalém é o nome que dei a um dos meus roteiros. No caso, um breve passeio por três bares centenários da Lapa. Começa pelo Bar Brasil, fundado em 1907. Segue para o Nova Capela, que, apesar do nome, é bem velhinho, poucos anos a mais que o Bar Brasil. Termina no Bar Luiz, o mais antigo deles.

"Sei que você tirou a semana de folga, mas é que eles vão embora amanhã e querem muito fazer o passeio. Me disseram que pagam o dobro do que você costuma cobrar. E em dólar. Só que precisa ser hoje à noite."

Eu não havia combinado nenhum encontro com meus parceiros de investigação para aquela noite. Ana estaria ocupada, ajudando o Miranda no caso do adultério, e se o Gordo ou o Diego aparecessem com alguma novidade, poderia resolver por telefone.

"Pode fechar. Deixa os gringos no Bar Brasil às 19 horas, em ponto. Você já explicou como funciona, não é?"

"Falei que você começa pelo Bar Brasil mas não sabe onde vai parar. Dependendo da noite, pode terminar na quadra da Vila Isabel ou numa sarjeta qualquer da cidade, não necessariamente num ponto turístico."

"E eles responderam o quê?"

"Very good! We love the chaos."

"É isso que adoro em você, chuchuzinho, seu bom humor."

"Fechado então", ela disse, antes de desligar.

O Matusalém é um roteiro tranquilo. Fico cerca de uma hora em cada bar. Conto a história do lugar, falo um pouco sobre as figuras que passaram por ali, pessoas famosas ou desconhecidas, divago sobre a Lapa e arredores, sugiro petiscos e pratos e ainda dou dicas quentes para depois do passeio. A galera gosta.

Era uma da tarde quando desci para almoçar. Resolvi caminhar um pouco até o Pavão Azul. Havia uma mesa vazia na calçada, parece que esperando por mim. Pedi um picadinho de filé com farofa de banana e uma cerveja. De entrada, uma porção de pataniscas de bacalhau. Não pega bem chamar as pataniscas de bolinhos de bacalhau, fique sabendo. As donas do bar não gostam. Bolinho leva batata, a patanisca não, é bacalhau puro.

Resolvi ligar para o Gordo. Não deu tempo, o celular tocou antes. Era o Diego. Estava numa reunião de pais, na escola, aproveitou um intervalo para falar comigo.

"Andei pensando na nossa conversa daquele dia, André. Você lembra o que a gente conversou, não lembra?"

"Eu lembro. E você?"

Ele deu uma gargalhada.

"É, acho que exagerei um pouco na bebida."

"Um pouco? Você saiu dizendo que o seu nome não era Diego, era Fulcanelli, e que exatamente naquele dia estava fazendo aniversário de 150 anos. Eu nunca ouvir falar nesse tal de Fulcanelli. Existe mesmo ou é marca de cerveja?"

"Existe, quer dizer, existia. Era um velhinho simpático, pelo que dizem, apesar de não bater muito bem da bola."

"E quem é que bate?"

"Pois é."

"Mas e aí, você pensou em mais alguma coisa sobre o caso?", perguntei.

"Não só pensei como andei pesquisando também. Não gosto muito da internet, já te falei isso?"

"Não."

"É muita novidade pra mim. Até celular acho complicado. Alguns anos atrás eu dizia que era um cara do século passado. Hoje nem isso dá pra dizer porque o século passado está logo ali. Tenho que dizer que sou contemporâneo de Machado de Assis."

"Tradutor de Poe."

"Acho que ele só traduziu 'O corvo', não foi? Não gosto de 'O corvo'. Não conta pra ninguém, mas acho esse poema um saco."

"Também não gosto", respondi, rindo.

"É mesmo? Cara, precisamos conversar. Aposto que você está tomando cerveja em Copacabana."

"Acertou."

"Que inveja! A bateria desse troço está acabando, tem alguma coisa apitando aqui. Olha só, fiz uma pesquisa na Biblioteca Nacional. Ontem dei aula de manhã e passei a tarde na biblioteca. Descobri coisas interessantes. E o melhor: achei uns livros lá em casa que posso te emprestar. Ou pra você ou pra Ana."

"Por que pra Ana?"

"Ela entende mais de alquimia do que você e o Gordo. Ou estou enganado?"

Minha pergunta tinha sido ridícula. E me senti mais ridículo ainda ao me dar conta de que estava com ciúmes da Ana.

"Vamos marcar então."

"Que tal a gente almoçar amanhã? Faz tempo que não vou ao Imaculada, ali no Morro da Conceição. Sabe onde é?"

Com quem ele pensava que estava falando?

"Claro."

"Meio-dia? Ou é muito cedo pra você?"

Ele perguntou e riu, o sacana.

"Combinado."

"Você liga pra Ana e pro Gordo?"

"Ligo. E o Fulcanelli, vai também?"

Diego deu outra gargalhada.

"Vou ver se ele está em condições."

⁕

Chegou meu prato. Adoro picadinho e aquela farofa de banana veio no capricho.

Pensei numa crônica do Antônio Maria, escrita no final dos anos 50. A crônica era um diálogo dele com dois amigos, dois detetives da 12ª DP, Bruno e Aloisio. A 12ª DP fica logo na esquina. Eles estavam justamente no Pavão Azul. Naquele dia, no bar, ele contava da agressão covarde que sofrera na rua, três desconhecidos o espancaram de madrugada, provavelmente por conta de algo que escreveu no jornal. Ele dizia que bateu mais do que apanhou e os dois detetives riam. No final da crônica, ele diz mais ou menos o seguinte: agora chega de falar de mim, me façam um resumo das ocorrências de hoje que estou sem assunto para a coluna de amanhã.

Fiquei me perguntando se o Antônio Maria teria interesse no caso de um livro roubado. Se ele estivesse ali, bebendo cerveja comigo, trocaríamos umas ideias sobre a minha investigação. Que conselhos ele me daria, ele que tinha experiência em ocorrências policiais? O tempo dele era outro, a cidade era outra, nada a ver, pensei comigo, e um senhor da mesa em frente me olhou esquisito. Será que eu tinha falado em voz alta, sozinho? Melhor parar de pensar bobagens, concluí, voltando a me concentrar no picadinho.

Quando acabei meu almoço, o Mattos ligou. Eu disse que estava trabalhando no caso, ele não se preocupasse, eu daria notícias. Em seguida liguei para o Gordo e para a Ana, combinando o encontro no dia seguinte, no Imaculada.

Saí do Pavão Azul e caminhei devagar pelas ruas de Copacabana. Não fiz o caminho mais curto até o apartamento, fui andando a esmo, como se não tivesse nada para fazer na vida. É um bom exercício, se você quer minha opinião, um bom exercício esse de perambular pelas ruas, só observando. Poe tem um conto que fala disso, o melhor conto dele, eu acho. O título é "O homem da multidão".

O conto é narrado por um sujeito, em Londres, que observa as pessoas na rua, sentado num café. Ele se acha um gênio na arte de ler os cidadãos que andam pelas ruas da cidade e, como se fosse um biólogo, observa os indivíduos e os divide em classes: fidalgos, comerciantes, agiotas, batedores de carteira, limpadores de chaminés, mendigos profissionais, advogados, mulheres da vida etc. Até o dia em que aparece um velho com uma expressão no rosto que o deixa confuso, um velho que não cabe em nenhuma das suas classificações.

Por dois dias seguidos ele segue o velho, tentando analisá-lo melhor. O velho anda sem destino prévio: onde houver multidão ele está no meio. Exausto, sem avançar na sua leitura, o narrador para diante do velho e o encara, firme, esperando alguma reação.

O velho olha para ele por um momento e depois segue, sem lhe dar a mínima bola.

O narrador conclui que, ao contrário das outras pessoas, aquele velho é como um livro que não se deixa ler. O fulano era tão cheio de si, tão seguro das suas habilidades de leitor de gente, que não lhe passou pela cabeça a hipótese de que ele é que não sabia ler aquele livro. O velho era um texto cifrado ou escrito numa língua estrangeira, mas não era ilegível.

Pensei nesse conto enquanto andava por Copacabana e me perguntei se eu estava lendo direito as pistas daquele caso. Era informação demais, novidade demais, talvez eu precisasse de um dia à toa, ou pelo menos uma tarde à toa, como aquela, para deixar que as pistas falassem por si mesmas.

Quanto mais eu caminhava, mais aquela ideia ia tomando forma. Eu não deveria ficar pensando demais no livro roubado da biblioteca do Mattos, nem ficar arrancando os cabelos por conta de um mordomo abusado ou de irmãs misteriosas e sedutoras, não. Deveria fazer como Newton, Isaac Newton, ficar sentado debaixo de uma árvore, de bobeira. Quem sabe uma maçã caísse na minha cabeça e eu dissesse: eureca!, eis aí a resposta!

Tudo bem que não dava para ficar muito tempo debaixo da macieira, mas pelo menos naquela tarde eu iria colocar em prática a minha ideia: não me desesperar querendo ler à força um livro que aparentemente não se deixava ler. Eu precisava esperar, esperar até que as palavras começassem, pouco a pouco, a fazer sentido. Precisava ficar em silêncio por um tempo, até conseguir ouvir, naturalmente, a história que aquele livro estava tentando me contar.

11

No sábado acordei cedo, caminhei no calçadão, tomei água de coco e na volta preparei no apartamento um café da manhã saudável. Nem parecia eu.

Na noite anterior não havia bebido nada, os gringos se entupiram de caipirinha e eu só na água, no suco. Fazia parte da minha determinação zen tomada naquela sexta à tarde, nas ruas de Copacabana. Sabia que essa fase de budista tibetano não iria resistir ao almoço de logo mais, no Imaculada, de todo modo constatei, surpreso, que não era tão ruim ficar sóbrio de vez em quando.

Em termos de investigação, não avancei muito. A ideia de esperar que o livro falasse naturalmente, me contando sua história, não funcionou direito, mas pelo menos eu estava me sentindo bem e isso era importante, sobretudo porque o prazo estava se esgotando e eu precisava estar inteiro dali por diante para enfrentar o que viesse pela frente.

Peguei o metrô e desci na Presidente Vargas. Caminhei pela Rio Branco até o final da Rua do Acre, subi a escadaria e parei em frente ao Imaculada. Era cedo ainda, onze horas. Aproveitei para reservar uma mesa. Depois subi devagar a ladeira João Homem.

Gosto do Morro da Conceição. O casario antigo, o silêncio, nem parece que você está no centro do Rio. E não era por ser sábado, mesmo em dias de semana é silencioso. Não conheço Lisboa mas já ouvi dizer que é parecido, como se fosse um pedaço de Lisboa dentro do Rio, uma cidade dentro da outra.

Perambulei um pouco por ali, depois me sentei numa pracinha no alto para ver o mar e a ponte Rio-Niterói, ao fundo. Bem abaixo de mim, eu via o quintal de uma casa, com bananeiras, uma mangueira enorme, um pé de goiaba carregado. Me lembrei da garota do Engenho de Dentro, no dia em que fui atrás da irmã do Thomas. Naquela paz, vendo a paisagem que parecia recortada de uma cidade do interior e colada naquele morro, diante do mar, voltei a pensar nela, e na vida que eu teria se fosse viver numa cidadezinha qualquer, longe do barulho, da fumaça, da correria.

Foi um pensamento besta, desses que às vezes me invadem a cabeça, mas foi uma lembrança que quase me fez sucumbir, confesso.

꽃

"Não tem lugar, André", Ana falou, assim que me encontrei com o pessoal, na frente do Imaculada. "Tem uma mesa ali mas alguém reservou."

"Quem sabe não fui eu", falei, já entrando.

"Quanta eficiência!", o Gordo disse, a mão no meu ombro.

As mesas do bar não têm número, são identificadas com nomes de cantores e compositores ligados ao samba: Pixinguinha, Donga, Clara Nunes, Cartola. O garçom nos reservou duas, ficamos com Noel Rosa e Nelson Cavaquinho, lado a lado. Nada mal.

O Gordo pediu uma cerveja e, para começar, linguiça de pernil flambada na cachaça, acompanhada de mostarda escura, com torradas de alho e pimenta. Dei adeus ao meu lado monge.

Diego tirou um livro de dentro da bolsa.

"Olha só o que eu achei em casa", ele disse, abrindo o livro numa página com a ilustração de uma planta. "Essa é a *Narcissus sempervirens*. Mais conhecida como hermênio."

"Parece a *Cannabis sativa*", o Gordo comentou.

"Não sabia que você entendia de botânica."

"Não precisa entender de botânica pra identificar o desenho da *Cannabis*, mais conhecida como maconha. Tem até camiseta com esse desenho."

"Tem razão, são parecidas. Só que o hermênio não dá pra cultivar em casa ou comprar do traficante da esquina. É uma erva rara que só cresce nos pântanos de algumas regiões da Ásia. E a preparação da droga não é um processo fácil, requer conhecimentos específicos, experiência e muito, muito dinheiro."

O Gordo chegou mais perto e ficou observando a figura.

"O hermênio já era usado antes de Cristo, na Babilônia e no Egito. Dioscórides, no século I, usava a erva como anestésico. Paracelso misturava hermênio com outras substâncias e dava a seus pacientes quando precisava fazer amputações. E é um narcótico também."

"Que tipo de narcótico?", Ana perguntou.

"Um alucinógeno. Há relatos no diário de Paracelso sobre os efeitos do hermênio. Os estudiosos dizem, inclusive, que o nome vulgar da erva tem a ver com Hermes, mensageiro dos deuses, ou o deus do voo. Paracelso relata que o hermênio provoca a sensação de que você está voando."

"Plantinha poderosa!"

"Mais do que você imagina, Gordo. O hermênio pode ser um santo remédio, um narcótico ou um veneno mortal. Só depende de como for preparado. Ele pode ser transformado em pó e misturado com outras substâncias sem deixar nenhuma marca visível."

"Que substâncias?"

"Você pode colocar numa taça de vinho, por exemplo. Ou fazer algo menos previsível, como aplicar o pó num lenço ou num guardanapo. O veneno fica ali esperando, ninguém vê, nem cheiro dá pra sentir. É só a pessoa levar o lenço ou o guardanapo aos lábios que o hermênio faz efeito. Também dá pra aplicar numa folha de papel, se você preferir."

"Papel? Posso aplicar hermênio numa página de livro?"

"Pode."

⌒

Se você quer saber de fato o que é o silêncio, imagine o que aconteceu logo depois da fala do Diego. Se estivéssemos num filme teria entrado nessa hora algum acorde, algum som anunciando suspense e nós três olhando uns para os outros durante segundos.

Mas aquilo não era ficção e o que houve foi um silêncio absoluto, o bar estava uma barulheira danada, mas só se ouvia o som da batida dos nossos corações, se posso me permitir um pequeno exagero retórico.

"Como é que é isso?", Ana perguntou, finalmente.

Diego retirou da bolsa um outro livro, menor, uma brochura de capa cinza.

"A primeira referência a livros envenenados de que se tem notícia aparece neste volume de *As mil e uma noites*: 'Damas insignes e servidores galantes'. Vocês devem conhecer a história do médico Dubane."

Eu não conhecia, ou pelo menos não me lembrava dela assim, só pelo nome do tal médico. Ele mesmo respondeu.

"Numa das noites com o sultão, Sherazade conta que existia na cidade dos persas um rei acometido de lepra. O rei tomava todo tipo de remédio e não conseguia se livrar da doença. Até o dia em que apareceu um sábio chamado Dubane. Dubane se apresentou ao rei dizendo que poderia curá-lo com um bálsamo feito com ervas medicinais. Ele fez o bálsamo, orientou o rei sobre o modo de usá-lo e pouco depois o monarca estava completamente curado."

"O bálsamo era feito de hermênio?"

"Provavelmente sim, Sherazade não diz que ervas eram usadas no bálsamo. O que sabemos é que o rei, muito agradecido, convidou Dubane pra morar no palácio. Tudo corria bem até que o vizir, com inveja de Dubane, começou a encher os ouvidos do rei com a tese de que Dubane era, na verdade, um inimigo disfarçado."

"Um agente infiltrado", o Gordo disse, olhando para mim.

"Sim. E o vizir foi tão convincente que o rei decidiu decapitar o médico. Como último desejo, Dubane pede ao rei que aceite um presente, um livro intitulado *Da particularidade das essências*, em que o médico revela os segredos de suas curas aparentemente milagrosas. Dubane é decapitado. Depois de sua morte, o rei resolve ler o livro, que traz as páginas coladas umas nas outras. Ele umedece o dedo com saliva pra virar a primeira e depois as seguintes, sem saber que Dubane havia envenenado todas elas. O veneno faz efeito imediato e o rei cai morto."

"Essa é a história do romance do Umberto Eco", o Gordo diz, surpreso, "em *O nome da rosa* é exatamente isso que acontece, o livro proibido, a parte da *Poética* de Aristóteles falando da comédia, é envenenado exatamente assim. Os monges que conseguem ler o livro morrem pouco depois, o veneno entra no organismo pela saliva!"

"Sem dúvida. Eco não tirou isso da sua cabeça, é uma citação velada. Mais uma, aliás. Você sabe que o narrador de *O nome da rosa* se chama Adso, numa referência a Watson, assim como o detetive do livro, não por acaso, se chama Guilherme de Baskerville, óbvia referência a Sherlock. Isso sem falar que o guardião da biblioteca, um velho cercado de livros, é uma homenagem de Eco a um autor que ele admira muito, Jorge Luis Borges. O bibliotecário de *O nome da rosa* se chama Jorge de Burgos e é cego, lembra?"

"Lembro, claro."

O garçom trouxe a linguiça e a flambou ali mesmo, na mesa. Provei um pedaço, quase ao mesmo tempo que o Gordo.

"Santa Imaculada!", ele disse, de olhos fechados.

Diego continuou:

"E talvez *As mil e uma noites* não tenham sido a única fonte de inspiração de Eco pra pensar no livro envenenado como ponto central do seu romance. Ele foi um estudioso da cultura medieval e sem dúvida sabia que a prática do envenenamento de livros existiu de verdade. Durante a Inquisição, algumas das bibliotecas da cristandade usaram essa estratégia. Não queriam queimar alguns livros, considerados hereges, porque sabiam da sua importância e vez ou outra os consultavam. De luvas, obviamente. Ao mesmo tempo não queriam que outros religiosos tivessem acesso a eles. Então envenenavam os livros. Quem conseguisse driblar a vigilância dos bibliotecários e tivesse o privilégio de ler o livro não teria como contar a ninguém sobre o que leu."

"E como você sabe que era hermênio que eles usavam e não outra substância?"

"É a hipótese mais provável. Nos diários de Paracelso e de Flamel, principalmente no de Flamel, há referências à erva e a todo o processo. O hermênio não tem cheiro e fica invisível a olho nu depois de impregnado nas páginas, era a droga perfeita pra ocasião. Tem efeitos terapêuticos, pode curar doenças, e também pode matar. Como se costuma dizer, a diferença entre o veneno e o remédio é a dose. Minha tese é que Dubane existiu mesmo, e acredito que ele tenha usado o hermênio dos dois modos quando se encontrou com o rei. Primeiro, como remédio. Depois, como veneno."

"O Clovis estava certo", o Gordo disse.

"Quem?"

"Um amigo nosso", expliquei, "ele acredita que o Mattos, por algum motivo desconhecido, matou o Thomas."

"Não entendi."

Apresentei rapidamente a suposição do Clovis. Depois completei:

"O Mattos não tem cara de assassino. E além disso não tinha motivo pra matar o Thomas."

"Todo mundo tem pelo menos um motivo pra matar alguém. Só que nem todo mundo mata, felizmente."

Ouvi as palavras do Gordo e fiquei pensando se existia alguém que eu gostaria de matar. No presente não, mas já tive, e com mais de um motivo.

"Se o Thomas está morto, quem foi que mandou o bilhete pro Mattos, pedindo resgate?", perguntei ao Gordo.

"Pode ter sido o próprio Mattos, André. O Mattos pode ter feito isso pra dar mais credibilidade ao plano dele. Assim, com o bilhete, a gente continua pensando que o Thomas está vivo, quando na verdade estaria mortinho da silva."

Eu não concordava com a argumentação. Havia furos demais naquela hipótese.

"O que você acha, Diego?", Ana perguntou.

"É uma hipótese mirabolante, sem dúvida. Mas talvez faça sentido. O Mattos não é um leigo no assunto. E se conhece o que aconteceu com os antigos alquimistas, também sabe sobre o envenenamento de livros feito pela Igreja naquele período."

Ele tomou um gole de cerveja, devagar. O Gordo chamou o garçom e perguntou qual era o prato do dia.

"Se entendi bem o que o amigo de vocês quis dizer, Mattos armou toda essa farsa pra ter certeza de que não será descoberto. Matou o mordomo usando o truque do livro envenenado. Ele e os outros membros do grupo de bibliófilos manipulavam o livro nas reuniões usando luvas. Mattos teria deixado de propósito as portas abertas pro mordomo, que pegou o livro, ficou curioso, quis ler, e o resto já sabemos como funciona."

"Por que Mattos faria isso? Por que teria matado seu homem de confiança?"

"Talvez porque já não fosse mais de confiança."

"E por que não seria?"

"Vocês disseram que o Mattos tem duas filhas, jovens, bonitas. E que o Thomas tentou seduzir uma delas, quando era criança. E que está tendo um caso com a outra. Mattos pode ter descoberto tudo. Pelo que vocês disseram, ele é um pai zeloso e muito apegado às filhas."

"Então ele pode ter matado o Thomas por vingança."

"É um bom motivo pra matar alguém, não?"

12

"Sempre achei que os alquimistas eram uns loucos que queriam transformar ferro em ouro. Não sabia que tinham dado trabalho aos padres", eu disse.

"A transmutação de metais em ouro não era o único projeto dos alquimistas. Eles também buscavam outras coisas, como a Pedra Filosofal, o que incomodava a Igreja pela possibilidade de associação com o Santo Graal."

"E onde é que os livros envenenados entram na história?"

"Por conta dessas diferenças, os religiosos e os alquimistas viviam em pé de guerra. Os alquimistas conheciam a prática da Igreja, de envenenar livros considerados proibidos. Alguns, inclusive, foram vítimas dessa prática, como Canches, Mestre Canches, um alquimista espanhol do século XIII que conseguiu se infiltrar na biblioteca e roubar um desses livros. Foi encontrado um dia depois em sua casa, morto, com manchas no polegar, no indicador e na língua."

"Que livro era?"

"O *De virtutibus herbarum*, de Platearius."

"E por que era proibido?"

"É provável que no livro de Platearius houvesse alguma indicação sobre as propriedades letais do hermênio. Por isso era proibido, porque de alguma forma trazia a receita do veneno usado pelos padres."

"Quer dizer, esse livro aí trazia a receita do veneno que havia nele?"

"Talvez."

"E você acha então que o Mattos sabia disso tudo."

"Se ele é um amante da alquimia como parece, não tinha como não saber. E é provável que o nome de Mestre Canches esteja numa das cadeiras da biblioteca."

"Vou ligar pra ele, agora."

"Não precisa", Diego falou, colocando a mão sobre o meu celular.

"Por que não?"

"Não há necessidade. Mesmo que o nome não esteja gravado numa das cadeiras da biblioteca, tenho certeza de que Mattos sabe dessa prática do envenenamento de livros."

"O que não quer dizer que tenha envenenado o *Histórias extraordinárias* e matado Thomas. Aliás, como ele teria conseguido hermênio? Você disse que é raro, e que o processo de preparação do veneno é complicado."

Ele não respondeu na hora. Ficou olhando para a rua, vendo as pessoas sentadas nas mesinhas da varanda.

⁂

"O livro já pode ter chegado até ele com o veneno", Ana disse.

"Hã?"

"Elementar", o Gordo se adiantou, "o primeiro dono do livro, o bisavô do Mattos, pode ter colocado o veneno nas páginas. Seria uma forma de mantê-lo sempre sob a propriedade da família. O bisavô do Mattos teria alertado o filho sobre o veneno quando deixou o livro pra ele, como herança. E o cara contou pro filho dele, que é o Mattos. Simples. Assim o livro só poderia ser lido numa boa se o leitor usasse luvas. Quem por acaso chegasse ao *Histórias extraordinárias* com, digamos, más intenções, se ferrava."

"Refazendo a pergunta: como o bisavô do Mattos teria conseguido hermênio e o conhecimento sobre o processo de envenenamento das páginas?"

"Aí você já está querendo saber demais. Acho melhor pedir logo o almoço", o Gordo disse.

"O Mattos não te disse que o bisavô dele adorava viajar?", Ana me perguntou.

"Sim."

"Ele pode ter conseguido a erva numa viagem à Ásia. Por que não?"

"Porque não bastaria ter ido à Ásia. Precisaria ter contatos, conhecer gente que pudesse conseguir a erva, preparar o veneno e aplicar nas páginas do livro. E por que um jovem, cheio de vontade de viajar, ia gastar tudo o que tinha envenenando as páginas de um livro?"

Ninguém respondeu.

"Isso está mais inverossímil que romance da Agatha Christie. Parece o *Cartas na mesa*."

"O que há de inverossímil no *Cartas na mesa*?"

A pergunta da Ana mostrava que ela não havia lido o romance. Deixei que o Gordo respondesse:

"O André implica com a Agatha Christie. Pra mim, esse é um dos melhores romances dela. A ideia inicial é ótima. Um milionário sem mais o que fazer na vida resolve oferecer um jantar. E convida para o jantar oito pessoas, sendo quatro delas detetives e as outras quatro membros da alta sociedade que já estiveram sob suspeita de assassinato, com grande probabilidade de terem mesmo cometido os crimes."

"Ou seja, o cara reuniu na sua casa quatro criminosos e quatro detetives. E pagou pra ver o que aconteceria", completei.

"E a trama fica melhor ainda quando, no meio da festa, com apenas os oito convidados, alguém assassina ninguém menos que o dono da casa."

"E qual o problema com a trama? Parece boa", Ana perguntou.

Eu mesmo respondi:

"O problema é que o dono da casa foi assassinado logo depois do jantar, enquanto os convidados jogavam pôquer. Estava dormindo na frente da lareira quando foi assassinado com um punhal. A Agatha Christie deve ter pensado: como é que eu faço pra que ninguém possa saber na hora quem foi o assassino? Não posso colocar a vítima gritando. E se ela estiver dormindo? Perfeito, se o dono da casa estiver dormindo, e não estiver à mesa de jogo com os convidados, o assassino pode matar a vítima e voltar à roda de pôquer sem ninguém desconfiar de nada. Em algum momento alguém vai dar o alarme e ninguém vai saber com certeza quem matou o pateta que resolveu fazer uma festa dessas e dormiu no meio."

Ana riu.

"Deu pra entender? Então você leva um tempão pra bolar um jantar desses, consegue colocar na sala da sua casa quatro detetives e quatro criminosos, sendo um dos detetives ninguém menos que Poirot, monta todo o circo só pra ver no que vai dar aquilo e, no meio da festa, quando tudo pode acontecer, você dorme sentado na poltrona? É ridículo."

"Nem tanto", o Gordo quis defender a Agatha Christie, "o cara pode ter bebido demais e apagou."

"Não inventa, Gordo, não tem isso no romance. Ele não bebeu demais, dormiu e pronto. A Agatha Christie foi preguiçosa. Ela achou um jeito fácil de resolver um problema difícil: como assassinar alguém numa sala com nove pessoas e ninguém se dar conta disso na hora?"

"Tudo bem, deixemos a Agatha Christie em paz. Acho sim que é possível pensar no Mattos não como vítima mas como suspeito. Suspeito de ter matado quem ele acusa de ser o ladrão. E matado por vingança."

Diego, que estivera falando ao telefone enquanto eu e o Gordo conversávamos, se levantou.

"Me desculpem mas preciso ir. Acabaram de me ligar da escola. Esqueci completamente que tinha reunião hoje. Saco!"

"Num sábado à tarde?"

"Pra você ver como não é fácil vida de professor. Acho que vou largar tudo e ser guia turístico pelos bares da cidade."

"Posso te dar umas dicas, se você quiser", respondi, rindo.

"Pelo menos vou poder sentar no bar num sábado e dizer que estou trabalhando, não é?"

"Poxa, eu tenho um monte de perguntas pra fazer", Ana disse.

"Deixa ele", falei. "Já te exploramos demais, Diego, valeu!"

"Não, de jeito nenhum, estou gostando. É como se eu estivesse dentro de um romance policial."

"Também tenho essa sensação às vezes", respondi.

"Eu também", o Gordo disse, e olhamos os três para Ana.

Ela olhou para cada um de nós, rapidamente. Depois falou:

"O que a cerveja não faz."

༄

Diego deixou sua parte na conta e se despediu.

"Podem ficar com o livro das plantas por quanto tempo quiserem. Não estou precisando dele. Ah, já ia me esquecendo, isso é pra você. É só um empréstimo, viu?", falou, tirando da bolsa um outro livro e o entregando a Ana.

Depois que Diego saiu, ficamos olhando a capa do livro. Era uma edição antiga, em espanhol, um livro grosso. Li o título: *Los alquimistas de la Edad Media*.

Ana deu uma folheada.

"São pequenas biografias."

"Tem do Mestre Canches?"

"Tem."

Ficamos um tempo em silêncio, Ana com o livro nas mãos.

O Gordo encheu o copo caprichando na espuma. Depois o levantou e disse, olhando fixamente para a cerveja:

"O elixir da longa vida."

༄

Meu celular tocou. Demorei um pouco a acreditar quando a pessoa do outro lado disse quem era.

"Clarice?"

Era ela, nossa suspeita número um, junto com Thomas. Agora havia também essa hipótese em que eu continuava me recusando a acreditar, a de que tudo era um plano de Mattos, o verdadeiro assassino.

"Me encontra às dez, no Tô Nem Aí. Fica em Ipanema, na Farme, sabe onde é?", ela perguntou.

"Sei."

"Seja pontual. Não vou ter muito tempo."

"Como você vai estar vestida?"

"Não se preocupe, você vai me reconhecer."

Desligou.

"Será que bebi demais ou você acaba de marcar um encontro com a Clarice?"

"Vou junto", Ana falou, decidida.

"Não, é melhor eu ir sozinho."

"Então me encontra depois."

"*Cherchez la femme*", o Gordo disse, sem olhar para nós.

"Procure a mulher? É isso?", Ana perguntou.

"*Cherchez la femme* é uma expressão francesa, saída de um romance de Dumas. No romance um policial diz que por trás de todo caso de polícia há sempre uma mulher. Não importa qual seja o crime, tem sempre uma mulher por trás. Se você quer decifrar o enigma, *cherchez la femme.*"

"E *la femme*, nesse caso, é a Clarice."

"Quem sabe, querida, quem sabe?"

13

Saí do Imaculada e fui para o meu apartamento. Dormi cerca de duas horas e só acordei porque coloquei o despertador. Tomei um banho demorado, me arrumei e fui até a cozinha, encarando meu eterno café frio. Sem açúcar. Aquilo tinha um gosto horrível e fiquei me perguntando que sabor teria o tal elixir. Devia ser ruim também. Remédio bom tem gosto ruim, meu pai costumava dizer.

Tomei o café de uma vez e me senti um pouco melhor. Precisava de um pouco de lucidez depois de uma tarde inteira no bar, prestes a me encontrar com alguém que provavelmente tinha muita coisa a me contar sobre o desaparecimento daquele maldito livro.

Às dez em ponto estava no Tô Nem Aí. Bar lotado. Não entendi por que Clarice não havia marcado num lugar mais discreto. Esperei um pouco na varanda, em pé. Depois resolvi entrar.

Levei um susto quando vi não Clarice, mas Bruna, sentada à mesa com outra mulher. Tinha cortado o cabelo bem curto e colocado um piercing no nariz. Ficou ainda mais bonita. Bruna era a última pessoa do mundo que eu esperava encontrar naquela noite, muito menos naquele lugar.

A mulher ao seu lado se levantou, me deu um olhar fulminante e saiu. O Tô Nem Aí é um bar gay. De dia você não dá nada por ele, é apenas mais um barzinho simpático em Ipanema. À noite o bicho pega. Tudo indicava que aquela mulher tinha alguma coisa com Bruna. Noite de surpresas, pensei comigo.

Puxei uma cadeira e me sentei. Não sabia direito o que dizer. Tinha decidido não contar para Bruna que iria me encontrar com

Clarice, precisava ouvir primeiro o que sua irmã queria me falar. Disse a primeira coisa que me veio à cabeça:

"Se soubesse que iria te encontrar, teria trazido uma coisa que você esqueceu lá em casa."

"Não esqueci nada na sua casa."

"Nada? Nem uma peça íntima, minúscula, cor de vinho?"

"Jamais esqueceria uma calcinha na sua casa. Primeiro porque nunca fui à sua casa. Depois porque não tiro minha calcinha na frente de homem nenhum."

Eu não podia me ver no espelho, mas devia estar boquiaberto.

"Você não é a Bruna."

"Sou irmã dela. Irmã gêmea, como você já deve ter percebido."

༄

Levei um tempo para me recompor. Ela ficou olhando para mim, esperando que eu dissesse alguma coisa.

"Gêmeas? Por que Bruna não me contou?"

"Tem muita coisa que ela não te contou."

"Por exemplo."

"Um exemplo? Deixa eu ver, que tal: foi ela que roubou o livro do meu pai."

O garçom se aproximou. Clarice pediu outro chope.

"E dois pra mim."

"Dois? Que sede!"

"Estou precisando."

"Cuidado. Não vai encher a cara e acordar amanhã com amnésia alcoólica. Não pretendo repetir o que vou te dizer hoje."

"Tenho certeza de que não vou esquecer."

"Bruna e Thomas. Foram eles que roubaram o livro."

"É mesmo? Sabe que Bruna me disse que foi você?"

"E o que mais ela disse?"

"Que você é amante do Thomas."

"Já disse que prefiro mulheres."

"Quanto desperdício!"

Ela sorriu. O mesmo sorriso de Bruna. Impressionante.

"Bruna mentiu. Thomas é amante da minha irmã, estão juntos há muitos anos. Meu pai nunca soube disso, coitado, vive naquela biblioteca, não sabe o que se passa em volta dele, mas eu sei, sempre soube."

"E Bruna sabe que você sabe do caso dela com Thomas?"

"Não. Eu acho."

"Por que devo acreditar em você e não nela?"

"Porque é a verdade. E se você demorar muito a acreditar vai acabar se dando mal. Muito mal."

"O que pode acontecer? Vão me dar um tiro?"

"Você é mais idiota do que eu pensava. Acha que estou brincando. Você não tem ideia do que a minha irmã e o Thomas são capazes de fazer."

"Eles seriam capazes de matar uma pessoa?"

"Já mataram."

"A cartomante."

Clarice bateu palmas, sarcástica.

"Como soube que a cartomante morreu? Você não estava em São Paulo?"

"Estava. Cheguei ontem. Meu pai me contou que Madame Mercedes foi assassinada. Não tenho dúvida de que foram eles."

"E por que teriam matado a cartomante?"

"Ela sabia que Bruna e Thomas roubaram o livro. Eu contei a ela. E Madame Mercedes estava precisando de dinheiro. Deve ter tentado chantagear minha irmã. Madame Mercedes não sabia fazer esse tipo de coisa, era uma boa pessoa, devia estar desesperada."

"E o que ela sabia fazer? Enganar os incautos?"

"O que você entende disso?"

"O suficiente pra ter certeza de que ela conhece tanto de tarô quanto eu de física quântica. É uma canastrona de mão cheia."

"Você esteve com ela?"

"Estive. No mesmo dia. Ela me falou pra voltar na manhã seguinte, mas quando voltei ela estava morta."

"Então ela pretendia te contar tudo."

"Sim, em troca de dinheiro."

"Você fala como se ela tivesse feito algo errado, trocar informação por dinheiro. Todo mundo faz isso, o tempo todo."

"Não dessa forma."

"Você não deveria ter saído de lá sem a informação. Deveria ter insistido e arranjado o dinheiro de que ela estava precisando. Se fizesse a coisa certa, Madame Mercedes ainda estaria viva."

"Então a culpa pela morte da cartomante é minha."

"E minha, que contei tudo a ela. Não há inocentes nessa história."

⁂

Matei o primeiro chope e parti para o segundo. Estava bebendo rápido demais, precisava me controlar. Dei uma olhada em torno e vi que ainda não estava com visão dupla. Precisava maneirar na bebida ou dali a pouco começaria a ver gêmeas em todas as mulheres do bar.

"Como você conseguiu meu telefone?"

"Quando cheguei de São Paulo meu pai me contou que havia contratado um detetive. Um tal de Miranda. Você não tem cara de Miranda."

"Por que não?"

"Esse negócio de a pessoa ser chamada pelo sobrenome é coisa de velho. Você não é velho."

"Obrigado."

"Não tem por que agradecer, dizer que você é jovem não é necessariamente um elogio."

Cheguei meu rosto mais perto do rosto de Clarice, me curvando um pouco sobre a mesa.

"Você é diferente da sua irmã."

"Claro que sou."

"Tem um brilho diferente nos olhos. E os seus são um pouco mais escuros do que os dela."

"Alguém precisa te convencer de que não sou quem você pensa que sou."

Era a frase da cartomante! Madame Mercedes tinha dito isso, que Clarice não era quem eu pensava que fosse. Só agora eu conseguia entender.

"Nossa!"

"O que foi?"

"Alguém já me falou essa frase sobre você."

"Quem? A *canastrona* da Madame Mercedes?"

"Você é adivinha ou coisa assim? Só falta me dizer que sabe ler as pessoas pelo olhar delas."

"Não. Sei pensar. E dou um pouco de sorte às vezes."

"Então me ensina a pensar."

"Você já sabe, só é um pouco lento. E sentimental também. No fundo, você deve ser um cara romântico."

Eu não queria acreditar nisso, não queria ser um cara romântico.

"Minha irmã é muito esperta, deve ter percebido seu ponto fraco. Quando meu pai me disse que tinha ido ao escritório do detetive com Bruna, deduzi que ela estava no controle da situação. Roubara o livro e meu pai não havia chamado a polícia. A única pessoa que poderia provar a verdade era um detetive particular, jovem, até bonitinho."

"Bonitinho é elogio?"

"Ela então pensou o óbvio: vou seduzir esse otário."

"O otário sou eu."

"Minha irmã fez tudo direito, como sempre, até se lembrou de esquecer uma calcinha na sua casa, pra te deixar pensando nela o tempo todo. Aposto que você não jogou a calcinha fora."

"Continua."

Ela riu e chamou o garçom. Pediu a saideira e a conta.

"Minha irmã te enganou e ia continuar te enganando. Enquanto você procurava por mim, achando que eu era a culpada, ela e Thomas tinham liberdade pra fazer o que queriam. Thomas se esconde e Bruna domina o jogo, de dentro da nossa própria casa."

"E a cartomante? Como soube que foi ela quem me disse que você não era quem eu pensava que fosse?"

"Você faz o tipo conquistador. Talvez seja tímido, mas quando bebe um pouco e está a sós com uma mulher, acaba ganhando coragem. Você gosta de mulheres, gosta muito de mulheres, se pudesse comeria todas as mulheres do mundo."

"Não é verdade."

"Madame Mercedes deve ter percebido isso, e você deve ter demonstrado algum interesse em mim quando conversou com ela. Bruna já tinha envenenado sua cabeça e você foi à cartomante por indicação dela. Minha irmã sabia que eu tinha consulta naquele dia, deve ter xeretado minha agenda."

"E por que Bruna me mandou pra lá?"

"Ela te mandaria pra qualquer lugar onde eu estivesse. Queria te manter ocupado correndo pela cidade atrás de mim. Ela não te mandou pra São Paulo também?"

Fiz que sim, com a cabeça.

"Você foi à casa de Madame Mercedes tentando tirar alguma informação sobre mim. Ela não nasceu ontem, entendeu logo que Bruna estava por trás da sua visita, poderia ter tirado mais grana de você ali mesmo, mas é como eu disse, ela não sabia direito como fazer essas coisas, era uma pessoa honesta."

"Mais ou menos. Me cobrou quinhentos reais pela consulta."

"Era honesta sim. E uma boa profissional. Não leve em conta o que ela te disse, Madame Mercedes sabia que não era uma consulta de verdade. Ela quis ganhar tempo, pra pensar melhor no que fazer, por isso pediu pra você voltar no dia seguinte. E te disse que eu não era quem você pensava que eu fosse porque quis se vingar de você, da sua atitude."

"Que atitude?!"

"Você menosprezou a inteligência dela. Achou que poderia enganá-la com sua conversa fiada. Ela então te lançou uma charada, sabendo que você não iria conseguir decifrar e ficaria queimando seus neurônios com isso. Dizer que eu não era quem você pensava significava duas coisas. A primeira você já descobriu: não sinto atração por homens, por mais sedutores que sejam ou que acreditem ser."

"E a segunda?"

"Não sou a vilã da história."

O garçom chegou com a conta. Ela tirou uma carteira da bolsa e pagou.

"Você já pensou em entrar para o ramo das investigações?", perguntei.

"Isso dá dinheiro?"

"Você não precisa, é milionária."

"Meu pai é. Eu não."

Clarice já estava de pé. Insisti para que ficasse. Ela negou, estava atrasada, tinha outro compromisso.

"Me liga amanhã. Quero saber o que você pensou sobre a nossa conversa. Se quiser ficar do meu lado, vai encontrar o livro."

"E se não quiser?"

"Vai continuar guardando as calcinhas da Bruna."

"Decisão difícil."

Ela se foi, me deixando sozinho no bar.

୧

Eu tinha combinado de me encontrar com a Ana assim que terminasse com Clarice. Ela estava me esperando ali perto, no Vinícius, com o Gordo. Passava das onze da noite, o movimento no Tô Nem Aí beirava o insuportável. Poderia ter dado logo o fora e ido me encontrar com os dois, como combinado, mas precisava ficar um pouco sozinho. Você pode ficar sozinho até no meio de um bar lotado.

O garçom se aproximou. Pedi uma porção de aipim carioquinha, com calabresa e muçarela.

Tirei minha agenda da mochila. Fazia tempo que não escrevia naquela agenda. Rabisquei umas coisas que não conseguiria decifrar no dia seguinte. Nada sério, anotei apenas para me ajudar a pensar um pouco.

Fechei a agenda e liguei para Bruna. Eu havia bebido cerveja a tarde toda e ali no bar alguns chopes já tinham passado pela minha mão, por isso minha voz devia estar meio bandeirosa quando ela atendeu e eu disse:

"Vem aqui."

"Onde exatamente é *aqui*?"

"Aqui é o Tô Nem Aí, em Ipanema. Se você não chegar em trinta segundos vou me entregar ao próximo cara que passar a mão na minha bunda. Já foram dois até agora."

"E você acha mesmo que vai ter um terceiro? É confiar muito na sua bunda."

"Pelo menos na minha bunda eu posso confiar."

Ela ficou em silêncio, não sei se por ter entendido o que eu queria dizer ou se pelo ridículo da frase.

"Não posso sair agora. E se pudesse não iria. Não gosto desse bar."

"E do meu apartamento, você gosta?"

"Não. Mas com você dentro é até razoável."

"Então me encontra lá."

"Me liga amanhã."

Já ia desligando quando Bruna falou:

"Miranda, não deixa de me ligar. Preciso muito conversar com você."

"Você descobriu alguma coisa?"

"Amanhã nos falamos. Só não esquece de me ligar, por favor."

"Claro."

Anotei na agenda: ligar para Bruna. Depois acrescentei: e Clarice. O domingo prometia.

Tive a impressão de que alguém olhava para mim. Guardei a agenda calmamente, acomodei a mochila sobre a cadeira e só então me virei na direção de onde achava que vinha o olhar.

Era o Gordo. Estava em pé, encostado numa das paredes do bar, um chope na mão. Sorriu de um jeito malicioso, como se estivesse me cantando. Depois mandou um beijo.

Ignorei.

"Você sabia que Clarice e Bruna são gêmeas?", perguntei quando ele se sentou na cadeira à minha frente.

"Hum, melhor do que eu pensava. Nunca fui pra cama com duas irmãs, muito menos gêmeas."

"E quem disse que vai agora?"

"Ninguém. Mas saber que elas estão por perto já me dá o direito de imaginar a cena. Ou não?"

"Tanto faz. Cadê a Ana?"

"Você quer as três? Quer comer a Ana, a Bruna e a Clarice ao mesmo tempo?"

"Cadê a Ana?"

"Foi pra casa. Queria ler o livro que o Diego deixou com ela, o da vida dos alquimistas. Pediu pra você ligar amanhã."

Putz. O domingo não seria longo o bastante.

"A Clarice virou tudo de cabeça pra baixo, Gordo. Ela acaba de me dizer que Bruna, e não ela, é amante do mordomo. E que foram os dois, Bruna e Thomas, que roubaram o livro."

"Ela foi convincente?"

"Pior é que foi."

O Gordo ficou em silêncio, pensando. Contei tudo o que havia conversado com Clarice.

"Sabe que estou começando a desconfiar de que você está perdido, André?"

"Eu? Perdido?"

Pensei num argumento para discordar do que ele acabara de dizer. Não achei.

O garçom trouxe o aipim.

"Posso?", o Gordo perguntou, já espetando um pedaço.

Parecia bom, sequinho, com pedacinhos de calabresa e muçarela derretida por cima. Provei um. Estava no ponto, mas de repente perdi a fome e me deu vontade de estar no meu apartamento, na cama, apagado.

"É melhor eu ir pra casa, Gordo."

"Não vai terminar de comer?"

"Me faz esse favor."

"Se você insiste."

Pedi a conta.

"Você ainda sabe onde mora?"
"Em algum lugar de Copacabana."
"Menos mal. Quer que eu chame um táxi?"
"Quero."
"Pode ser o Clovis?"
"Não!"

14

Se você está em dúvida entre três opções, às vezes o melhor que pode acontecer é aparecer uma quarta.

Eu fora dormir sem ter tomado uma decisão: para quem ligaria primeiro? Bruna, Clarice ou Ana? Naquele domingo, uma da tarde, o telefonema de Mattos, aflito, dizendo que havia recebido outro bilhete, decidiu por mim.

Pedia que eu fosse à sua casa. Os empregados estavam de folga, as filhas tinham saído e iriam demorar. Respondi que sim, desliguei o telefone e me deitei de novo.

Não gosto de acordar desse jeito, já em ritmo acelerado. Fiquei uns quinze minutos estirado na cama, olhos fechados, pensando na vida.

Percebi que ainda estava com a roupa da noite anterior, nem o tênis havia tirado. Mal, muito mal. Uma coisa é você dormir de pijama, ou de short e camiseta, ou de cueca, ou sem roupa, outra é dormir de calça jeans, camisa e tênis. Era como se eu tivesse dormido só pela metade, como se parte do meu corpo estivesse no domingo de manhã, na cama, e outra no sábado à noite, no bar. Eu não queria ser duas pessoas.

Fui andando até o banheiro, deixando a roupa pelo caminho. Talvez por isso meu apartamento seja o lugar mais bagunçado que já vi em toda a minha atribulada existência, pensei comigo já debaixo do chuveiro, a água descendo forte pelo meu corpo.

Era um domingo molengo, como diria meu pai. Na verdade, ele sempre achava os domingos molengos. Pensei nele quando saí do elevador e decidi não fazer nada com pressa.

Fui até a esquina, entrei na padaria e pedi suco de laranja, misto quente no pão francês e um café duplo. E rosquinhas lamego.

Não era um cliente desesperado que me faria perder meu café da manhã na padaria, ele que esperasse um pouco. Nem hora eu tinha combinado, só disse que estava indo, e estava mesmo, estava indo.

Cheguei à casa do Mattos por volta de quatro horas. O Botafogo entrando em campo e eu aqui, na ralação, pensei enquanto tocava a campainha. Eu não precisava daquilo, definitivamente. Ou precisava? Me lembrei das contas a pagar, aguardando numa pilha em cima da mesa da sala, e não tive muita escolha: precisava sim.

A situação parecia pior do que eu pensava, foi o que deduzi quando vi meu cliente daquele jeito, completamente transtornado.

"Por que demorou tanto?"

Seu rosto estava diferente, pálido. Parecia ter emagrecido no breve intervalo desde que o vira pela última vez. Reparei também nos lábios, ressecados.

Caminhamos pelo jardim até uma mesa à sombra. Encheu um copo d'água, bebeu metade de uma vez e depois me ofereceu uma bebida. Recusei.

"Aqui está", ele disse, me entregando o envelope.

Desta vez não havia carimbo do correio. Fora deixado na caixa de correspondência da casa. Um envelope pardo. Dentro, no mesmo tipo de letra impressa do primeiro bilhete, vinha escrito: PREPARE 21 MILHÕES DE REAIS. VOCÊ TEM 24 HORAS.

Coloquei o papel sobre a mesa. Mattos me olhava ansioso. Suas mãos tremiam muito, mais do que das outras vezes.

"O senhor não está nada bem. Quer que eu chame um médico?"

"Não precisa. Ando tomando uns remédios e essa tensão toda tem tirado meu sono. Está tudo bem, não preciso de médico nenhum."

Voltei a pegar o bilhete, li novamente.

"Por que 21 milhões? Por que não pediu um número redondo, vinte, trinta milhões, por que 21?"

"Somos sete."

"Como?"

"Somos sete membros no clube. Ele deve ter pensado: três milhões pra cada um. Não vai ser difícil eles conseguirem rápido três milhões de reais. São todos milionários."

"O ladrão acha que vocês vão fazer uma vaquinha pra resgatar o livro."

"Foi o que pensei. Mais uma prova de que foi o Thomas. Ele sabe que somos sete e sabe que vamos fazer isso, nos juntar pra ter o livro de volta."

"Vocês vão mesmo pagar o resgate?"

"Não tenha dúvida."

Ele levou a mão ao peito e pensei que fosse desmaiar. Corri e o amparei.

"O senhor tem que ir pro hospital."

Com um gesto educado ele me afastou. Depois, respirando fundo, pediu que eu voltasse a me sentar.

"Liguei pra um dos membros do clube pedindo que avise aos outros. Daqui a pouco eles chegam."

"Posso participar da reunião?"

"Não, não pode. Preciso trocar umas ideias com meus amigos sem ninguém por perto. Você continua trabalhando pra mim?"

"Claro."

"Ótimo. Então continue investigando. Não acredito que você consiga recuperar o livro em menos de 24 horas, por isso vou levantar essa quantia e esperar o próximo contato. Mas quero você por perto, não sei como Thomas pretende pegar esse dinheiro nem de que modo vai me devolver o livro. Preciso da sua ajuda."

"Pode contar com a gente, senhor Mattos."

"A gente?"

"Eu tenho um assistente de confiança. E uma amiga que também está ajudando no caso."

"Você não tinha me dito isso."

"Desculpe, achei que não era importante."

"Não quero outras pessoas envolvidas."

"Desculpa."

"Bom, agora tanto faz. O importante é recuperar o livro. Se você diz que são de confiança, acredito."

Ele me pediu ajuda para se levantar. O que será que está acontecendo com o cara?, me perguntei. Quando esteve no meu escritório, quer dizer, no escritório do Miranda, poucos dias antes, era outra pessoa, saudável, nem parecia ter a idade que tinha.

Ao se despedir, ele olhou por um momento para o meu rosto, sorriu e disse, a mão no meu ombro:

"Você é um bom rapaz."

Não soube o que responder.

ʊ

Saí da casa e parei numa lanchonete ali perto. Pedi água mineral, me sentei num banco e fiquei olhando a entrada da mansão. Não foi nada planejado, quis apenas descansar um pouco antes de decidir o que fazer, mas minha intuição disse para eu não arredar pé daquele lugar estratégico.

Fui até a esquina, comprei um jornal e voltei para a lanchonete, me sentando no mesmo lugar de antes. O menino do balcão veio me perguntar se eu queria alguma coisa.

"Tem cerveja?"

"Não."

"Ainda bem."

Ele ficou me olhando, sem entender.

"Não quero nada não, obrigado."

Meia hora depois pedi café e broinhas de milho, deliciosas. Não estava com fome mas não queria que me enchessem o saco por estar na lanchonete sem consumir nada.

Os membros do clube começavam a chegar para a reunião. Dois carros entraram pelo portão principal e estacionaram no jardim.

Fiquei folheando o jornal, levantando os olhos de tempos em tempos. Outros carros chegaram, só carrões. Pelas minhas contas, faltava apenas um convidado. Foi quando vi chegar um senhor, a pé. Apertou a campainha da casa, depois se afastou do portão e chegou mais perto da rua. Olhou para os lados, como se estivesse procurando alguém ou se certificando de que não estava sendo seguido.

Do lugar em que eu estava, pude ver com nitidez o seu rosto. Familiar, pensei, muito familiar. De onde eu conhecia aquele homem?

O portão se abriu logo em seguida e ele entrou. Pronto, a reunião secreta dos alquimistas de araque iria começar. Vinte e um milhões de reais dariam para fazer uma bela festa e aqueles caras poderiam conseguir isso do dia para a noite. E de onde eu conhecia o sujeito?

Então lembrei. Peguei minha mochila, que estava quase tão bagunçada quanto o meu quarto. A custo encontrei o que procurava, um envelope. Abri o envelope, tirei a foto que Bruna havia me dado, do Thomas ao lado do Mattos. Não tinha dúvida: o velho que entrou por último na casa era ele. Era o Thomas.

༄

Paguei a conta e fiquei zanzando pela rua, sem saber o que pensar. O que diabos o Thomas estava fazendo na casa do Mattos? E justo na reunião do clube de bibliófilos? E na hora em que eles iriam decidir como fazer para juntar a grana do resgate do livro roubado pelo próprio Thomas?

Para quem deveria ligar: polícia, FBI, CIA, KGB? Não, KGB não existe mais. Vou ligar para o Gordo, decidi. Antes de digitar o número do meu amigo, o celular tocou. Era Clarice.

"Onde você está?", ela perguntou.

"Se eu disser você não vai acreditar."

"Tenta."

"Na porta da sua casa."

"O que você está fazendo aí?"

"A questão não é essa. A questão é: o que *ele* está fazendo lá?"

"Ele quem? Onde?"

"O Thomas. Dentro da sua casa."
Ela não disse nada.
"Clarice?"
"Você andou bebendo, Miranda?"
"Não que eu me lembre."
"Bebeu, já sei que bebeu. Vou te buscar, não sai daí. Estou chegando."

Ela teria uma surpresa quando me visse sóbrio. Saberia que eu não era quem ela pensava que eu fosse. Senti certo prazer em imaginar isso.

⁂

Não quis voltar para a lanchonete. Também não poderia ficar andando de um lado para o outro na calçada feito louco. Acho que não sou muito normal mesmo, tudo bem, mas as pessoas não precisam ficar sabendo, ainda mais num domingo à tarde, no meio da rua.

Me encostei no muro da casa do Mattos, abri a mochila e tirei de novo o envelope com a foto. O último convidado da festinha do Mattos era o vilão. Que coisa.

Guardei o envelope no bolso da calça e comecei a descer a rua. Como seria morar numa mansão como a do Mattos?, perguntei a mim mesmo, já sabendo a resposta. Não nasci para morar em lugar grande. Pode parecer bobagem, mas gosto do meu apartamento minúsculo. É tão pequeno, bagunçado, quente, que estou sempre querendo ir para a rua. Adoro rua. Se morasse num sítio ou numa mansão com um terreno tão grande como o do Mattos, é provável que não quisesse mais sair de casa e isso não seria nada bom.

Enquanto caminhava, devagar, pensava comigo: eu não deveria ter inventado de ser detetive uma segunda vez. Quando acabasse aquilo tudo, eu ia parar numa banca de jornal e comprar uma dessas revistinhas de concurso. Pronto, pensei, vou estudar à beça, vou morrer de estudar português, matemática, estatística, coisas sérias, de gente grande, chega dessa bobagem de literatura, romance policial, essas besteiras que não dão camisa a ninguém.

Um cara passou por mim. Estava passeando com um cão. Tive vontade de perguntar: desculpe, o amigo poderia me dizer que droga o Thomas está fazendo na casa do Mattos?

Cheguei a parar na frente dele. Eu tinha dessas coisas, era irritante, eu pensava um absurdo qualquer e quando me dava conta estava a um passo de transformar o pensamento em realidade.

Uma vez, dentro do ônibus, tinha um moleque sentado ao meu lado, dormindo. Roncava muito, com a cabeça meio caída para um lado. Os óculos estavam tortos no rosto dele e aquilo me incomodava. Eu não ligava para o ronco, mas aqueles óculos tortos estavam me dando nos nervos! Então pensei: vou consertar isso. Estava já com as mãos perto do rosto dele quando o garoto acordou assustado e ficou me olhando, sem entender se aquilo fazia parte do sonho ou não.

"Algum problema, companheiro?", o cara me perguntou, gentil, parado à minha frente.

Então me dei conta de que estava acontecendo de novo.

"Você pode me dizer as horas, por favor?"

Ele ficou me olhando. Reparei que não usava relógio.

Por sorte ouvi a buzina. Era Clarice. Deixei o cara e seu cachorro na calçada e entrei no carro.

"Pra onde vamos?", perguntei.

Era um carro grande, alto, desses que aparecem em propaganda subindo montanha, atravessando rio, enfrentando tempestade. Uma vez o Gordo, que também não entende nada de carro, definiu o tipo: carro de aventuras. Gostei da definição e poderia perfeitamente usá-la naquele momento, o da Clarice era um carro de aventuras.

"Você não está pensando em me levar pra um motel-fazenda, está? O seu carro combina com motel-fazenda."

Ela me olhou rapidamente, voltando a olhar para a frente logo depois.

"Você está assim da cerveja de ontem ou é um porre novo?"

"Não estou de porre."

Clarice estacionou o carro na Lagoa. Descemos e nos sentamos num banco debaixo de uma amendoeira. Fazia um dia claro, de sol ameno, a Lagoa estava especialmente bonita naquele final de tarde.

"E imaginar que a essa hora, com um dia lindo desses, tem gente trancada em casa pensando maldade."

"Sabe de uma coisa, Miranda? Estou começando a achar que prefiro você bêbado. Sóbrio não dá pra entender nada do que você diz."

Fiz menção de falar alguma coisa.

"Não precisa explicar. Me conta o que você estava fazendo na minha casa."

"Na verdade, eu estava na casa do seu pai. Não fui lá pra falar com você, fui pra falar com ele, então o certo é dizer que eu estava na casa do seu pai, não na sua."

"O que você estava fazendo na casa do meu pai?"

"Ele me chamou. Chegou outro bilhete. O Thomas pediu 21 milhões de reais pra devolver o livro."

Clarice ficou olhando as águas, em silêncio.

"Você não acha que é muita grana?"

"Depende", ela respondeu.

"Depende do quê?"

"De quem está pagando. E pelo que está pagando."

"Você pagaria três milhões de reais por um livro?"

"Três? Não são 21?"

"Cada membro do clube vai entrar com três milhões. Três vezes sete, 21."

"Meu pai te falou isso, que todos vão ajudar a pagar o resgate?"

"Falou. Deve ser mesmo um livro muito importante pra eles."

"Pode ter certeza."

Olhei bem para ela.

"O que você está escondendo de mim?"

Ela desviou o olhar.

"Tem coisas que é melhor você não saber, Miranda. O importante é meu pai recuperar o livro e acabar com esse pesadelo. Deixa a Bruna fugir com o Thomas, deixa eles gastarem essa grana do jeito que quiserem, pra mim o que importa é ver meu pai feliz."

"Qual a doença dele?"

"Doença? Ele não tem doença nenhuma."

"As mãos trêmulas, a boca ressecada, a pele envelhecida de uma hora pra outra. Seu pai está doente."

"Não, não está."

Achei melhor não insistir.

"Você vai me ajudar ou não?"

"Já estou ajudando. Te contei do bilhete e que seu pai vai pagar o resgate com a colaboração dos outros membros do grupo. E não te contei ainda mas vou contar agora: eles estão reunidos nesse momento, na casa do Mattos. E uma coisa que já disse e você não acreditou: o Thomas está com eles."

"Não é possível."

"Pois eu estou dizendo que vi o Thomas entrando na casa. Foi o último a chegar, chegou a pé."

"Tem certeza de que era ele?"

"Absoluta."

Tirei do bolso da calça o envelope com a foto. Mostrei a ela.

"Por que está me mostrando isso?"

"A foto do Thomas!"

Clarice olhou para mim por um tempo, depois começou a rir.

"O que foi? Qual é a graça?"

"Quem te deu essa foto?"

"Sua irmã."

"Sinceramente, Miranda, onde você comprou seu diploma de detetive?"

Quase confessei a ela que houve uma época em que cheguei a fazer mesmo um curso de detetive. Por correspondência. Ganhei até diploma e uma carteirinha plastificada.

"Não é ele?"

"Esse é o Omar, amigo do meu pai. Ele faz parte do grupo. E é nosso vizinho, por isso chegou a pé pra reunião."

"Está falando sério?"

"Não leva a mal, Miranda, mas tenho que te dizer: andaram mentindo pra você. De novo."

15

"Acredita em mim agora?"

Me levantei e andei um pouco, até a margem da Lagoa. Muitos peixes da Lagoa morrem por falta de oxigênio. Há um canal, no Jardim de Alá, que liga a Lagoa ao mar do Leblon, para oxigenar a água e evitar a morte dos peixes. O canal não dá conta do serviço, é estreito demais, raso demais, e com o tempo foi ficando poluído também. Deve ser uma morte horrível para um peixe, morrer por falta de ar dentro d'água.

Voltei e me sentei de novo ao lado de Clarice.

"Qual é o seu plano?", perguntei.

Ela olhou bem para mim. Depois falou:

"Acho que sei onde ele está."

"Ele quem?"

"Quem poderia ser? Thomas, o verdadeiro."

Me levantei de repente.

"E por que não disse logo?"

"Precisava ganhar sua confiança antes de te contar."

"Não sei se ganhou."

"Ganhei sim. Você sabe que estou falando a verdade."

"Onde está o cara?"

"Bruna saiu bem cedo hoje, dizendo ao meu pai que iria passar uns dias em Búzios. Não acreditei, claro."

Tirei o celular do bolso, digitei o número de Bruna. Ninguém atendeu.

"Não adianta ligar pra ela, Miranda."

"Ontem, ela pediu que eu ligasse hoje."

"Você ainda se lembra do que aconteceu ontem?"
"Lembro de algumas coisas."
"Parabéns, está fazendo progresso."
"Você acha que a Bruna foi se encontrar com o Thomas, é isso?"
"É. E acho que sei onde eles estão. Meu pai tem uma casa no Recreio. Está fechada faz tempo. Um dia descobri que Thomas e Bruna se encontravam lá."
"Você espionava sua irmã?"
"Minha relação com Bruna nunca foi das melhores. Ela não gosta de mim e eu a odeio, pra simplificarmos as coisas. Não foi difícil descobrir que minha irmã era amante do Thomas, bastou ficar observando alguns detalhes pra chegar à conclusão de que estavam enganando meu pai. Um dia eu a segui, vi quando ela pegou o carro na garagem, de madrugada, e saiu. Fui atrás e flagrei os dois entrando na casa do Recreio."
"E você viu os dois lá dentro, juntos, viu o Thomas e sua irmã indo às vias de fato?"
"Vias de fato? Quantos anos você tem? Ninguém com menos de setenta anos de idade fala vias de fato."
"Eu falo. Você não viu os dois juntos, só viu os dois entrando na casa?"
"E o que estariam fazendo lá, de madrugada? Jogando cartas?"
Me lembrei da cartomante, não deveria ter me lembrado mas me lembrei quando Clarice falou em cartas. E também da Agatha Christie. E pensei com meus botões que poderia estar sendo enganado outra vez, agora pela outra irmã.
"Acho que eles estão naquela casa, Miranda. A própria Bruna pode ter colocado o bilhete na caixa de correio antes de sair. Os dois estão escondidos na casa do meu pai."
"O ladrão rouba um livro e se esconde perto do local do crime. Não foge pra outro estado, outro país, fica na própria cidade, e na casa do cara de quem roubou o livro. Ousado, não acha?"
"Thomas é ousado. E muito inteligente."
"Mais do que seu pai?"

"Ele é brilhante. Meu pai o admira também por isso. Não era apenas mordomo, era um conselheiro. Você sabia que meu pai chegou a convidá-lo pro clube? Ele é que não quis."

"Por que não?"

"Também estranhei. Um homem inteligente, culto, que adora livros, é chamado a participar de um clube seletíssimo de bibliófilos e recusa? Hoje sei o motivo. Ele já estava tramando o roubo do *Histoires extraordinaires*. Deu uma de humilde, bonzinho, disse ao meu pai que não se sentia à altura do clube, preferiria continuar apenas como mordomo. Meu pai entrou nessa, passou a admirar o Thomas mais ainda. Eu não acreditei nele, sabia que estava mentindo."

"Quando recebeu o convite, Thomas já estava envolvido com Bruna?"

"Já. E quando ele recusou, comecei a achar que estava tramando alguma coisa e que Bruna podia ser sua cúmplice."

"E por que você não contou tudo pro Mattos?"

"Eu não tinha provas. Eles eram muito discretos, a única vez que flagrei os dois juntos foi essa. E foi rápido, não deu pra fotografar nem nada. Se contasse seria a minha palavra contra a deles."

Anoiteceu. As pessoas continuavam caminhando ao redor da Lagoa ou correndo ou andando de bicicleta. Eu gostava disso, de ficar parado num lugar vendo o dia virar noite. O cenário teoricamente continuava o mesmo, mas a mudança da luz, do céu, das pessoas que passavam pelo lugar, tudo ajudava a compor uma nova cena.

"É como um teatro. Ao ar livre", eu disse.

"Hein?"

༄

O celular tocou. Era o Gordo. Pedi licença a Clarice e fui atender mais adiante. Não queria que ela ouvisse nossa conversa, mesmo sem saber o que o Gordo tinha a me dizer.

"Onde é que você está?"

"Na Lagoa, com a Clarice."

"Você só pensa em sexo, André?"
Não respondi.
"Esqueceu que marcou comigo na Urca?"
"Não marquei nada com você."
"Não?"
"Não."
Ele falou qualquer coisa com alguém. Depois voltou a falar comigo.
"Tudo bem, me confundi, fico te devendo. Pode me dar um esporro sem motivo qualquer dia desses. Agora vem pra cá. Tenho novidades."
Pelo barulho ao fundo, imaginei que ele estivesse num bar. E se estava na Urca, eu já sabia qual era.
"Quem está com você?"
"A Ana."
"O que você está fazendo com a Ana num bar?"
"Tomando chope"
"Isso eu sei. Perguntei por que ela está sozinha aí com você."
"Você não deveria fazer essa pergunta. Você também está sozinho com uma mulher. E não é a Ana."
"Ela está ouvindo nossa conversa?"
O Gordo colocou no viva-voz.
"Estou, André."
Putz.
"Não esquenta. Sei que não corro perigo com a Clarice."
"Já estou chegando. Não façam nada de que possam se arrepender depois."
Ouvi risos do outro lado da linha. Desliguei.

※

Voltei para perto de Clarice.
"E então, como ficamos? Você vai até a casa no Recreio?"
"Eu?!"
"Afinal de contas, Miranda, você é um detetive ou um saco de pipocas?"

Abaixei a cabeça e comecei a rir.
"Não é saco de pipocas, é de batatas."
"Batata engorda."
"Pipoca também."
"Vai ou não vai?"
"Por que você não chama a polícia?"
"Por dois motivos. Primeiro, se fosse pra chamar a polícia, já teria chamado antes, não estaria aqui com você, perdendo a minha tarde de domingo."
"Também perdi minha tarde de domingo. E hoje teve jogo do Botafogo."
"Grande coisa."
Aquilo doeu.
"Não fala assim do meu time."
"Segundo motivo: meu pai contratou *você*. Se não chamou a polícia é porque não quer que a polícia resolva o caso, quer que *você* resolva."
"Acho que já está na hora de chamar a polícia."
"Nunca vai estar na hora de chamar a polícia. Não nessa história."
"E por que não? Seu pai fez alguma coisa errada, está com medo de ser preso?"
Ela pegou um cartãozinho dentro da bolsa. Anotou alguma coisa no verso e me deu.
"É o endereço da casa. Dá um jeito de ir até lá. Rápido."
"E você, vai fazer o quê?"
"Vou ficar com meu pai. Ele está precisando de mim. Qualquer coisa me liga. Pode ligar a qualquer hora."
"Até quando você estiver dormindo, nua?"
"Como você sabe que durmo nua?"
"Acabo de saber."
Ela ficou me olhando.
"É um truque que aprendi com um amigo", falei, rindo.
"Um truque que seu amigo copiou do Sherlock."
"Você também lê romances policiais?"

"Só os que têm final feliz."
"Você disse que eu era romântico, mas é você quem é!"
Ela ajeitou a bolsa no ombro e se levantou.
"Agora que já descobriu meu segredo, vê se descobre o livro."
Que mulher!, eu disse a mim mesmo, enquanto acompanhava com os olhos aquele corpo magistral, seguindo na direção do carro de aventuras.

16

"Vocês não devem ir. Não conhecem o Thomas, não sabem quem está com ele, nem armas vocês têm."

Ana estava certa. Não tínhamos armas.

"E se tivéssemos não saberíamos usar", o Gordo disse.

"Eu sei. Aprendi com uma ex-namorada."

"Você teve uma namorada que sabia atirar?", Ana perguntou.

"Tive. Era detetive particular também."

"E por que você não liga pra ela e pede ajuda?"

"No lugar onde ela mora não tem telefone", o Gordo falou, dando um gole generoso no chope.

"É tão isolado assim?"

"Pelo contrário, fica no Rio mesmo. Acho que é por causa dos vermes, eles comeriam os cabos. Além de comerem os cadáveres, claro."

"Ela morreu?"

"É uma longa história", eu disse, encerrando o assunto.

∽

Estávamos na varanda do Garota da Urca. Eu podia ver a baía, as luzes da cidade se refletindo na água, barcos ancorados mais adiante. Ao fundo, o Cristo Redentor iluminado me dava a impressão de não ser real, de fazer parte de um sonho qualquer que eu estivesse sonhando, sem saber que sonhava.

"O Thomas não disse a hora nem onde vai querer que entreguem o dinheiro?"

"Não, Gordo, só tinha aquilo no bilhete. Ele com certeza vai fazer novo contato amanhã, com as instruções. Se não aparecer com nenhuma surpresa antes."

"O cara quer deixar o Mattos doidinho."

"Acho que já conseguiu."

Ele se ajeitou na cadeira e disse, num tom de deboche:

"A Bruna te passou a perna. Eu disse pra você não confiar em mulher bonita."

"Nesse caso, também devo desconfiar da Ana?"

"Sim, por uma questão de princípios. Mas não creio que a Ana seja falsa."

"Obrigada", ela disse, irônica.

"E aquela velhota do Engenho de Dentro? Ela não falou que o Thomas tinha uma namorada e que o nome dela era Clarice?"

"Foi a Bruna quem te deu o endereço, André. A velha deve ter sido comprada."

"Por isso o sapateiro esquisitão tinha aquela TV gigante. A Bruna deu uma grana pra eles."

"Pois é. Tudo armação pra gente seguir a pista errada."

"Esse Thomas não é burro não."

༄

"A situação é essa, Gordo. O bandido pode estar lá, na tal casa no Recreio, com a Bruna. E com o livro."

"E meia dúzia de seguranças armados."

Ana entrou na conversa:

"O Mattos já não disse que vai pagar o resgate? Por que você precisa ir atrás do ladrão? Pelo que entendi, você só precisa estar por perto pra garantir que o Thomas não vai dar o golpe e ficar com o dinheiro e com o livro, não é?"

"Você está certa. É que eu não me sinto bem ganhando por um trabalho que não fiz. Não acho justo."

"Então não aceita o pagamento."

"Preciso desse dinheiro. Só não queria que fosse assim, queria pegar o livro e devolver pro meu cliente, sem necessidade do resgate."

"Nem tudo pode ser como a gente quer."

"Sábias palavras", o Gordo disse.

Estava tarde. O chope gelado, a companhia do Gordo e da Ana, a bela vista à minha frente, tudo isso parecia dizer: eis aí uma noite agradável. Se não houvesse tanta coisa me esquentando a cabeça, aquele seria um bom final de domingo, sobretudo porque no caminho fiquei sabendo que o Botafogo tinha vencido o clássico no Engenhão. No entanto o que sentia era um cansaço profundo. Durante aquela semana eu tinha vivido experiências intensas. Ocupei o lugar de outra pessoa, voltei a ser detetive, fui para a cama com duas mulheres incríveis, soube depois que uma delas, além de bonita e gostosa, era mentirosa, ladra e provavelmente assassina, vi de perto o cadáver de uma cartomante que eu conhecera na véspera, eu que nunca tinha ido a uma cartomante, fiquei a fim de uma lésbica gêmea da outra, a mentirosa, e agora estava prestes a testemunhar uma coisa insólita: o pagamento de um resgate de livro! Não é de estranhar que estivesse exausto.

Foi então que o Gordo, fazendo suspense, tirou da bolsa um envelope pardo, grande, desses acolchoados por dentro com plástico bolha. E do envelope retirou devagar um livro e o colocou à minha frente.

"Olha só."

Peguei o exemplar e li o título: *Memoires*. Eugène François Vidocq.

"As memórias de Vidocq! Onde você conseguiu isso?"

"Ontem à noite, quando cheguei em casa, tinha um pacote pra mim na portaria. Era esse livro, junto com um bilhete do Diego. Dizia que ele queria muito nos ajudar na investigação mas precisou fazer uma viagem de última hora. Então estava deixando aquele livro comigo, emprestado, poderia ajudar em alguma coisa. Era seu livro mais precioso, eu tomasse cuidado, ele escreveu no bilhete."

"Você lê em francês?", Ana perguntou.

"*Oui, ma petite.*"

"Vidocq. O nome é familiar", ela disse, examinando o livro junto comigo.

"Vidocq aparece no conto 'Assassinatos da Rua Morgue.' Dupin faz uma referência a ele", expliquei.
"É verdade, Vidocq, o delegado de polícia de Paris! Não sabia que ele tinha existido mesmo, achei que era invenção de Poe."
"Não, Vidocq fazia parte da vida real. Foi ladrão, falsário, desertor, espião, contrabandista, corsário, preso várias vezes, um mestre das fugas."
"E dos disfarces", completei.
"Isso. Uma vez conseguiu fugir da cadeia vestido de freira. O cara era o máximo. Conhecia o mundo do crime como a palma da mão. Tanto que foi convidado a ser chefe de uma brigada especial da polícia de Paris. A polícia pensou: quem melhor do que um criminoso pra desvendar os crimes da cidade? Contrataram Vidocq, ele recrutou um bando de ex-condenados e a bandidagem oficial botou a bandidagem das ruas pra correr. Virou heroi."
"É como o padre Brown", falei, "de tanto ouvir os pecados dos outros, acabou virando um profundo conhecedor do mundo do crime. Grande sacada do Chesterton, um padre detetive."
O Gordo continuou, para Ana:
"E quando Vidocq cansou de ser policial abriu a primeira agência particular de informações. Noutras palavras: a primeira agência de detetives do mundo. A polícia não gostou nada da concorrência e mandou fechar o negócio. Ele nem ligou, já era rico e famoso, não precisava da agência."
"E essas são as memórias dele."
"Dizem que, na verdade, não foi ele quem escreveu. Apenas contou sua vida para um *ghost writer*, que transformou tudo em livro."
"É uma edição rara?", Ana perguntou.
"Não, mas também não se encontra em qualquer livraria. É uma bela edição francesa, dos anos 50."
"Esse Diego confia mesmo em você, então."
"É, parece que sim. Mas não sou o único com novidades por aqui."
Olhamos os dois ao mesmo tempo para Ana.

"É a minha vez agora?"

"É. Volto no último ato", o Gordo respondeu.

O garçom trouxe outra rodada de chope.

"Li a biografia do Mestre Canches. E descobri coisas importantes."

Ana fez uma pausa. Bebemos.

"Recapitulando. Mestre Canches era um alquimista do século XIII, que morreu envenenado depois de folhear as páginas de um livro proibido, numa biblioteca da cristandade, o *De virtutibus herbarum*, de Platearius. Morreu porque as páginas estavam contaminadas com hermênio, que entrou no organismo pela saliva quando ele molhava os dedos para separar as páginas coladas. Até aí vocês se lembram?"

Fiz que sim com a cabeça.

"Minha primeira descoberta: Canches não roubou o *De virtutibus herbarum* à toa. Não entrou na biblioteca e pegou o primeiro livro que apareceu pela frente. Ele entrou já sabendo exatamente o que queria. Arriscou sua vida por aquele livro e com um objetivo muito claro."

"Qual?"

"Tenta adivinhar, André."

"Sou um detetive, meu trabalho não é adivinhar mas deduzir."

"Então tenta deduzir."

"Ele buscava a fórmula do elixir da longa vida."

"Até que você não é tão ruim assim."

"Foi isso que você descobriu?"

"Não, é só o começo. Mestre Canches era obcecado pelo elixir da longa vida. Já estava bastante adiantado na sua pesquisa e achava que no livro de Platearius poderia encontrar o que faltava. Não imaginava que o livro pudesse estar envenenado. Ele deixou um diário com várias anotações sobre o que tinha conseguido alcançar com suas experiências. Depois da sua morte, esse diário foi parar nas mãos de um discípulo, alguém que você conhece."

"Um dos nomes da biblioteca do Mattos."
"Sim."
"Nicolas Flamel."
"Exatamente. Nicolas Flamel, o codinome do Mattos."
"E você vai me dizer o que isso significa."
"Não será preciso, você mesmo vai deduzir. Flamel ficou com o *De virtutibus herbarum* e com o diário. Ele mesmo fez a necropsia no cadáver do mestre e descobriu que a causa da morte havia sido envenenamento provocado por hermênio. Vendo as marcas nos dedos e na língua do cadáver não foi difícil concluir que o veneno tinha sido colocado nas páginas do livro. E o que Flamel fez?"
"Jurou vingança."
"Você não está me levando a sério."
"Desculpa, continua."
"Flamel já sabia como seu mestre tinha sido envenenado e por quem. Com todas as informações de que dispunha, as dele mesmo e as que encontrou no diário de Canches, Flamel partiu pra uma nova pesquisa: descobrir a fórmula do antídoto."
"Antídoto? Mas o fulano já não estava morto?"
Ana fez uma cara de impaciência.
"Há um princípio geral da alquimia que você talvez não conheça, André."
"Pode apostar que não."
"O princípio da analogia. A lei da harmonia dos contrários. Para os alquimistas, tudo o que existe no universo tem o seu contrário. Não é um princípio aplicado apenas aos elementos químicos. O ponto de partida são eles, os elementos, mas o conceito tem dimensões místicas, com ramificações filosóficas."
"O Clovis gostaria de ter conhecido esses caras", o Gordo falou.
"Flamel procurava o antídoto ao veneno para evitar futuras mortes, sem dúvida, mas também por outro motivo que, aí sim, tinha a ver com a lei da harmonia dos contrários."
Ana pediu uma água mineral. Resolvi dar um tempo no chope e pedi minha tônica com laranja. Precisava estar inteiro na manhã seguinte.

"A lei da harmonia dos contrários não diz apenas que tudo na natureza tem o seu oposto, diz também que esses opostos tendem a se harmonizar. Era isso que eles procuravam, os alquimistas, a harmonia entre os opostos. E foi por essa razão que Flamel, depois da necropsia de Canches, começou a procurar um antídoto para o veneno. Como eu disse, o antídoto poderia servir para evitar a morte de outros alquimistas, se medicados a tempo, mas servia principalmente a outro propósito."

Comecei a entender aonde Ana estava querendo chegar. Redobrei minha atenção.

"O que seria o contrário de um veneno?", ela perguntou.

"É pra responder ou se trata apenas de uma pergunta retórica?", o Gordo perguntou de volta.

Ana ficou em silêncio.

Respondi:

"Considerando que um veneno é algo que produz a interrupção da vida, o seu oposto seria aquilo que provocaria o prolongamento dessa mesma vida."

"Perfeito."

Olhei para o mar, as águas calmas da baía batendo suavemente nos rochedos. Fiquei vendo a paisagem e pensando numa série de estranhezas que começavam a fazer sentido.

"Você está querendo dizer que Flamel achava que o antídoto contra o veneno dos livros, feito com hermênio, pudesse ser a tal fórmula que ele procurava? A fórmula do elixir da longa vida?"

17

"O que vou dizer pode parecer muito estranho, André."

"Já estou acostumado."

"Lembra do que o Diego falou, que o hermênio tanto podia ser usado como veneno como pra curar doenças?"

"Lembro. A história de Dubane."

"Pois é. O que descobri tem a ver com isso. O biógrafo de Flamel diz que ele aparentava ser muito mais jovem do que realmente era. Ele e sua mulher formavam um casal que parecia não envelhecer nunca. Alguns amigos chegaram a se afastar deles, com medo de que tivessem alguma ligação com o diabo."

O Gordo interrompeu:

"Ele deu o elixir para a própria mulher. Viu só, André? Eis aí um exemplo de amor verdadeiro. Flamel poderia ter ficado com o elixir só pra ele e arrumado uma dúzia de amantes mais jovens. Não, preferiu continuar com a esposa. Você deveria se inspirar nele."

"Posso continuar?"

Pedi que prosseguisse.

"A morte de Flamel e sua mulher foi cercada de mistérios. A versão oficial é que fizeram um pacto. Morreram juntos, tomando veneno."

"Está vendo? Como Romeu e Julieta", o Gordo falou.

"Com a diferença de que todo mundo viu os cadáveres de Romeu e Julieta", Ana disse, olhando para uma mancha escura, no forro da mesa.

"Sumiram com os cadáveres do Flamel e da mulher dele?"

"Pelo que está escrito na biografia, os dois foram enterrados por um criado, seguindo recomendações de Flamel. Ninguém conseguiu falar com esse criado, que teria sumido logo depois da morte dos patrões. Alguns alquimistas decidiram fazer a necropsia dos corpos, como Flamel tinha feito com o corpo de Canches. Eles queriam saber exatamente qual tinha sido a causa das mortes. Abriram os túmulos e não encontraram ninguém enterrado ali. Os caixões estavam vazios."

Ana parou de falar por um instante. O Gordo matou o chope.

"Você acha que Flamel pode estar vivo?", perguntei.

"Acho."

෴

Aquela resposta me surpreendeu. Não pensava que Ana pudesse acreditar numa coisa dessas. Será que eu estava com a pessoa errada? Ana não tinha cara de louca, mas li numa revista que nem todos os loucos têm cara de louco.

Fiquei observando seu rosto. Senti de repente um carinho imenso por ela. Entendi naquela hora que gostava da Ana mais do que eu pensava. Mesmo que ela não regulasse da ideia eu continuaria gostando muito da Ana, pensei comigo.

"O que foi, por que está me olhando desse jeito?"

"Nada."

"Você não acredita numa palavra do que eu disse, não é?"

"Claro que acredito."

Ela me encarou, olhos nos olhos.

"Você não devia ser tão cético."

"Se não fosse, não seria eu. Duvido, logo existo. Ou *dubito ergo sum*, com perdão do meu latim."

Olhei para um casal de velhos numa outra mesa. Sobre o que será que conversavam? Será que também acreditavam em coisas como aquela que Ana acabara de me dizer? Será que só eu mantinha a lucidez no meio do hospício? Ou será que eu já fazia parte dele sem saber?

"Então era isso que você pensou que eu acharia estranho. Tinha razão, é estranhíssimo."
"Nem tanto, meu amigo, nem tanto", o Gordo completou, enigmático.
"Você também?!"
"Não posso dizer que acredito que o Flamel esteja vivo, isso não, mas o restante do que a Ana falou tem fundamento, você vai ver que tem."
Então entendi. Ana e o Gordo já tinham trocado figurinhas no bar, enquanto eu estava com Clarice na Lagoa. Ela já havia contado a ele tudo o que eu acabara de ouvir, por isso ele não teve nenhuma reação enquanto Ana narrava suas descobertas sobre Canches.
"Agora sou eu", ele disse, pegando o exemplar de *Memoires*. "Se preparem porque vem chumbo grosso."
"Mais?"

⁌

"Na segunda parte do *Memoires*, Vidocq fala de alguns dos casos que conseguiu desvendar. Ele se disfarçava de militar, vendedora de peixe, o diabo a quatro, o que fosse preciso fazer ele fazia pra pegar malandro. E tem um momento em que Vidocq conta como desbaratou uma sociedade secreta."
"Uma seita? Confessa que você gostou dessa parte. É chegado numa seitazinha."
"Você tem uma impressão errada de mim, meu amigo. Não sou quem você pensa que eu sou."
"Não, de novo não."
"Vidocq recebeu uma denúncia anônima, dizendo que uns homens se reuniam numa casa, nos subúrbios de Paris, altas horas da noite. A testemunha disse ter ouvido barulhos esquisitos durante a madrugada e que isso vinha se repetindo com frequência. Vidocq conseguiu um mandado e foi investigar o local. Não havia ninguém em casa, só um jardineiro, que abriu as portas pra ele. Não encontraram nada de comprometedor."
"E ele foi interrogar o jardineiro."

"Foi. Não ajudou muito. O jardineiro mal conhecia o patrão. Fazia o serviço e toda sexta-feira alguém deixava o pagamento na caixa de correio. Tudo parecia em ordem. Tinha sido provavelmente uma denúncia falsa, um trote de alguém sem mais o que fazer ou intriga de algum vizinho. Vidocq, no entanto, ficou desconfiado."
"Por quê?"
"Ele usava métodos diferentes dos métodos de Dupin, você sabe."
"Dupin era o oposto de Vidocq. Poe cita Vidocq no conto apenas pra mostrar a superioridade de Dupin. Dupin dizia que Vidocq carecia de uma *inteligência educada*."
"Você decorou isso?", Ana perguntou.
"Não é nada demais, li essa história algumas vezes."
"Quantas?"
"Não contei."
"Contou sim: 29 vezes. Você me disse que contou, larga de ser mentiroso."
"Resta saber se menti agora, pra Ana, ou antes, pra você."
Ana fez uma cara de desânimo.
O Gordo continuou:
"Vidocq não era exatamente um analista de signos, um cara meticuloso e culto como Dupin. Se fosse Dupin o detetive nesse caso, desconfiaria das evidências. Diria que tudo estava normal demais naquela casa e que, justamente por isso, algo devia estar acontecendo. E talvez citasse algum grego antigo pra ilustrar sua teoria. Vidocq era movido pelo instinto. E pela vasta experiência prática no mundo do crime. Ele sentia que havia alguma coisa estranha ali, mesmo sem saber o quê. Ficou na casa mais um tempo, sem motivo aparente, apenas esperando que algo acontecesse. E aconteceu."
O Gordo pedira uma porção de pastéis colombianos, feitos com massa de milho e recheio de carne seca. Os pastéis acabavam de chegar à mesa, quentinhos, tentadores. Eu estava indo bem na minha determinação de permanecer sóbrio, bebendo minha tônica com laranja, mas não consegui resistir. Pedi um chope.

"De volta ao clube", ele disse.

"Você fez de propósito."

Aquela seria a minha saideira, prometi a mim mesmo. Até porque o bar fecha cedo aos domingos, já devia estar fechando.

"Vocês devem ter um moto-contínuo no lugar do fígado."

Ficamos pasmos, os olhos fixos em Ana.

"Você sabe o que é um moto-contínuo?", perguntei.

"Moto-contínuo, ou máquina de movimento perpétuo. É uma máquina hipotética, que reutilizaria indefinidamente a energia gerada por seu próprio movimento. A existência de um dispositivo moto-contínuo é considerada impossível pelas leis da física. Acabo de descobrir que a física está errada. O moto-contínuo existe, é o fígado de vocês."

Eu amo essa mulher, foi o que pensei em dizer. Mas não disse.

"Porra", o Gordo falou, nada sutil.

Ana não ligou.

"Será que você termina a sua história antes de o bar fechar, Gordo?"

"Prometo fazer o possível, querida, mas gostaria de lembrar o que dizia o grande Émile Faguet, no seu memorável *L'art de lire*: é preciso ler devagar. Entenda o mesmo em relação ao meu relato: é preciso ouvi-lo devagar."

"Conta logo, Gordo, o que foi que aconteceu?"

"O que aconteceu foi que um dos ajudantes de Vidocq teve uma súbita indisposição intestinal. Não sei, algum croissant estragado, um *pain au chocolat* vencido, algo assim. Entrou de novo na casa, foi até o banheiro, abaixou as calças..."

"Sem tantos detalhes, por favor", eu disse.

"Como quiser. O cara sentou no vaso e então pôde ver que um dos azulejos da parede, debaixo da pia, estava ligeiramente mais alto que os outros. A casa tinha sido vasculhada, mas ninguém pensou em procurar debaixo da pia do banheiro. O policial desconfiou de que fosse um fundo falso. Apertou o azulejo e viu que estava certo. Retirou com cuidado o azulejo, colocou a mão no buraco e percebeu que tinha uma coisa lá dentro. Era um livro."

"Um livro, de novo?", Ana disse, escorregando na cadeira.
"Exato, e estamos apenas no início."
"Já deu pra ver que a noite vai ser longa", falei.

༄

"Era um pequeno volume, um Livro das Horas, desses antigos, que os devotos usavam pra fazer as orações em casa. Sabiam que esses livrinhos eram os bestsellers da Idade Média? Quase todo mundo tinha um, até os analfabetos, que decoravam as orações e a hora certa de fazer cada uma."

"É mesmo?", perguntei, sem entusiasmo.

"Tudo bem. Vamos ao que interessa. O policial chamou Vidocq, que colocou suas luvas, pegou o livrinho, guardou num saco plástico, lacrou e mandou analisar em laboratório. Vidocq foi o primeiro detetive a usar métodos científicos no seu trabalho. E adivinha o que o pessoal do laboratório descobriu, André?"

"Hoje todo mundo está querendo que eu adivinhe. Muito desagradável isso."

"Droga", Ana falou.

"O quê?"

"O exame de laboratório detectou vestígios de droga nas páginas do livro."

"Como você sabe?"

"Saber mesmo eu só sei agora."

Dei uma gargalhada. O Gordo fora pego na sua própria armadilha.

"O exame de laboratório detectou a presença de grande quantidade de hermênio."

"O hermênio usado pelos alquimistas?"

"Sim. O hermênio era proibido na França desde o reinado de Luis XV. Quando uma de suas amantes, a marquesa de La Tournelle, morreu, aos 27 anos, muitos suspeitaram que tinha sido envenenada, por questões políticas. Morreu louca. A suspeita era que haviam impregnado hermênio num de seus lenços. Logo depois da sua morte o rei proibiu o uso do hermênio, mesmo que

fosse para fins medicinais. Na verdade o motivo da proibição era outro, Luis XV já tinha sido informado sobre a existência de sociedades secretas em Paris usando o hermênio para outros fins."
"E Vidocq também sabia que fins eram esses."
"Sabia muito bem. Antes de ser da polícia, o cara era um bandido e conhecia como poucos o submundo de Paris. Não foi difícil deduzir o que aquele pessoal fazia naquela casa de subúrbio."
"Então os caras da tal sociedade secreta se reuniam pra ficar doidões com hermênio, folheando um livro de orações? É muita viagem, não pode ser verdade."
"Tudo indica que é verdade sim, André. Basta você ligar os fatos. Os diários de Canches e Flamel, as memórias de Vidocq, e ainda tem algo que não contei."
"O quê?"
"No seu livro, Vidocq fala outra coisa sobre o hermênio, uma informação que ajuda a montar nosso quebra-cabeça. Ou, mais do que isso, uma informação que é a nossa última peça, ou penúltima, nunca se sabe."
"Fala, Gordo, não enrola."
"Ele diz que o hermênio é uma droga diferente das outras, uma droga única. Normalmente as drogas castigam o corpo do usuário. O malandro vai ficando debilitado, sabe como é, magro, doente e tudo mais. No caso do hermênio é o oposto: dependendo da quantidade que você consumir regularmente, sem excesso, seu organismo melhora."
"Melhora?"
"O hermênio, quando usado como narcótico, amplia suas propriedades terapêuticas. Funciona como um puta fortificante. E foi essa propriedade do hermênio que Flamel descobriu, André. Entendeu?"
Eu não sabia o que dizer. Parecia que meu cérebro tinha sofrido uma pane, como se estivesse em estado de choque.
"Você ouviu o que eu disse?"
"Ouvi", consegui responder. "Você está me dizendo que a droga impregnada no Livro das Horas era a fórmula de Flamel."

"Isso mesmo, meu caro, Flamel descobriu a fórmula e passou adiante, nas páginas de um Livro das Horas. A fórmula não de um alucinógeno qualquer, mas aquela que seu mestre procurava, que todo alquimista sempre procurou, a fórmula do elixir da longa vida. Noutras palavras, aquele singelo livrinho de orações tinha em cada página a droga mais poderosa de todos os tempos, capaz de te levar ao mundo dos sonhos e te trazer de volta, mais jovem."

18

"Por que não pensei nisso antes?", Ana perguntou.

Acordei meio sonado ainda. O que a Ana estava fazendo na minha cama?

"Ana?"

"Não, Miss Marple."

Olhei em volta. Aquele não era o meu quarto. Cada coisa em seu lugar, nenhum livro ou copo de iogurte esparramado sobre a mesa de cabeceira, nenhum resto de pizza na cama, nenhuma lata de cerveja estraçalhada no chão. Definitivamente, aquele não era o meu quarto.

"Só falta perguntar: onde estou, quem sou eu?"

"Onde estou? Quem sou eu?"

"No meu apartamento. E você *não* é o Miranda."

A breve confusão na minha cabeça, de acordar sem saber direito onde estava, não tinha a ver com excesso de álcool e por isso mesmo era preocupante. Não tinha bebido tanto assim na noite anterior e me lembrava agora, claramente, de ter ido dormir no apartamento da Ana. Ter amnésia alcoólica era algo a que já estava acostumado, mas amnésia careta? Será que eu estava ficando velho?

Ela se levantou e entrou no banheiro. Saiu usando apenas uma camiseta de malha, branca, meio transparente. Dava para ver que estava sem calcinha. Começou a mexer no guarda-roupa, de costas para mim.

Me levantei da cama, nu. Cheguei até onde ela estava e a abracei por trás, beijando seu pescoço.

O telefone tocou. O dela.

"Não atende."

"Preciso atender. Pode ser o Gordo com alguma novidade."

"Se fosse teria ligado pro meu celular", eu disse, as mãos nos seus seios.

"Seu celular pode estar desligado."

Ela se desvencilhou, devagar, e foi atender.

Minha excitação foi para o espaço. Por um breve instante vivi a ilusão de que poderia passar a manhã na cama com minha namorada, sem me preocupar com histórias malucas de alquimistas vagando pelos séculos ou livro com páginas impregnadas de drogas alucinógenas rejuvenescedoras. Aquele maldito toque de telefone me jogou de volta ao mundo real.

"Jura? Estamos indo pra aí."

"Era o Gordo?"

"Era. Mattos ligou pra ele dizendo que Thomas mandou outro bilhete. Quer os 21 milhões hoje, às 14 horas, na casa do Recreio."

Peguei meu celular. Desligado.

"Como Mattos conseguiu o telefone do Gordo?"

"Não deu tempo de perguntar."

Catei minhas roupas pelo quarto e comecei a me vestir.

"Você ia dizer alguma coisa, acordou falando: 'por que não pensei nisso antes.' Nisso o quê?"

"Vamos logo pra livraria. No caminho te explico melhor."

"Livraria? Temos que ir pra casa do Mattos, não pra livraria do Gordo."

"Vamos pra livraria. Clarice está lá."

"Clarice? Caramba, será que eu posso acordar direito, como uma pessoa normal?"

"Não, não pode. Vamos logo."

∽

Descemos. O carro de Ana estava estacionado bem perto do prédio. Andamos até lá.

"Lembra que você disse que tinha reparado nas mãos trêmulas do Mattos?", ela me perguntou, dentro do carro.

"E da última vez que o vi estava pior. Além das mãos trêmulas, estava com a boca seca e quase desmaiou."

"Crise de abstinência. Quando você me falou do primeiro encontro de vocês, no escritório do Miranda, que ele parecia bem mais jovem do que era de fato, e que no segundo estava com as mãos trêmulas, achei que pudesse ser uma pista. Só não sabia o que significava. E a gente ficou se perguntando por que alguém ficaria tão desesperado por causa de um livro, a ponto de contratar detetive pagando muito além do preço de mercado. Eu deveria ter entendido logo do que se tratava."

Coloquei o cinto de segurança, sem falar nada. Ela deu partida e saiu.

"Eu já tinha lido alguma coisa a respeito do Flamel, do sumiço do cadáver e da hipótese de ele ter encontrado a fórmula do elixir. E de ter passado a fórmula adiante. Eu tinha que ter lembrado, dei bobeira."

Enquanto Ana dirigia, minha cabeça estava na noite anterior, tentando ordenar algumas coisas. Ela deve ter lido meus pensamentos.

"Você ainda não se convenceu, não é?"

Fiquei calado por um tempo. Depois falei:

"Então o hermênio encontrado no Livro das Horas foi preparado de tal forma que não era nem veneno nem apenas remédio. Era uma droga que provocava alucinações e ainda rejuvenescia a pessoa. Noutras palavras, era uma espécie de elixir da longa vida melhorado, que te deixava doidão. Entendi direito essa parte?"

"Entendeu."

Voltei a ficar mudo.

Ana dirigia devagar e eu gostava disso. O dia começara muito agitado e eu estava precisando de um pouco de calma antes de enfrentar o que viria pela frente.

Ela cortou o silêncio:

"A história do Mattos começa quando o bisavô dele consegue trazer para o Brasil um exemplar do *Histoires extraordinaires*, com as páginas impregnadas de hermênio, exatamente como foi feito com o tal Livro das Horas descoberto por Vidocq."

"Numa fórmula descoberta por um alquimista do século XIII!?"

"Você acha que a maconha começou a ser usada quando, André? Ontem? Não vejo nada de mais no fato de o hermênio ter sido utilizado como droga no século XIII."

"E como os caras conseguiram colocar a droga nas páginas do livro?"

"Esses 'caras', meu amor, não eram pessoas como eu e você. Eram seguidores dos antigos alquimistas. Conheciam o segredo de Nicolas Flamel. Flamel deve ter deixado registradas suas experiências, como Canches deixou. Ele não morreu, se é que morreu, com o segredo. Flamel passou a fórmula adiante."

"E eles descobriram um jeito de não serem pegos, guardando a droga nas páginas do livro."

"Existe lugar melhor? Quem iria desconfiar de um livro?"

"Então aquilo que o Mattos me contou, de o bisavô dele ter ganhado o livro de presente de um mendigo, em Paris, é mentira."

"Acho difícil que um livro desses fosse parar nas mãos de um mendigo, e ainda mais em frente ao prédio de Dupin!"

"Que pena. Eu gostava dessa versão."

"O livro chegou ao bisavô do Mattos de outra maneira, não sabemos qual. Alguém deve ter conseguido a fórmula e aplicado o hermênio na primeira edição do *Histoires extraordinaires*. Aplicado de modo a produzir não um veneno, mas uma droga diferente de todas as outras, ao mesmo tempo alucinógena e rejuvenescedora. E de algum modo o livro foi parar nas mãos do bisavô do Mattos. O que importa é que o Mattos e seus amigos fazem parte de um grupo que descende diretamente dos antigos alquimistas. E que usavam o livro por serem completamente viciados na droga."

"E quem não seria se tivesse chance de experimentar?"
"Pois é, quem não seria?"
Ana parou no sinal vermelho. Olhei para o seu rosto de perfil.
"Sabe de uma coisa, André?", ela perguntou, sem olhar para mim.
"Diga."
"Eu não queria essa droga. Não acho que seja uma boa ideia ser jovem pra sempre. Deve ser bom envelhecer, como uma pessoa normal."
"Você diz isso porque não é velha."

⁂

Eu também não era velho, embora vez ou outra me sentisse a caminho. Mas Ana talvez tivesse razão. Queria ter perguntado aos meus pais o que achavam, se era bom ou não envelhecer. Agora não dá mais.
"E como a droga ficou no livro por tanto tempo? Do século XIX até hoje! Não era pra ter acabado?", perguntei.
"Eu também tinha essa dúvida. Ontem à noite, enquanto você dormia, continuei pesquisando."
"Você não descansa não?"
"Vou descansar depois que tivermos todas as respostas. Ou pelo menos as principais."
"E valeu a pena ter passado a noite acordada?"
"Talvez. Descobri que Flamel usava um preparado, à base de mercúrio, misturado ao hermênio. Com isso ele conseguia conservar o efeito da droga por muito tempo."
"Quanto tempo?"
"Não sei. Acho que nem ele sabia com exatidão."
Nem Flamel sabia, pensei comigo, quanto tempo a droga iria durar. Talvez já estivesse no final, ou quem sabe o Mattos e seus amigos ainda tivessem muitos anos de vida pela frente, à base de hermênio. Era a hipótese mais provável, eles deviam saber, não iriam pagar tão caro pelo livro se não soubessem que renderia ainda umas boas viagens.

"E tem outra coisa em que andei pensando. Se essa droga é tão fantástica, por que ninguém conhece? Era pra estar sendo traficada até em Marte!"

"E quem garante que não está sendo?"

⁓

Ficamos um tempo em silêncio. Já estávamos quase chegando à Rua do Lavradio.
"O seu não é um carro de aventuras", eu disse.
"O quê?"
"Nada. Bobagem."
Fiz um carinho na sua mão, sobre o volante.
"Me responde uma coisa, André."
"Diga."
"Você confia em mim?"
Não respondi na hora. Esperei que ela entrasse no estacionamento e deixasse o carro com o manobrista. Já na rua ela repetiu a pergunta.
Antes de entrar na livraria, eu me virei para Ana e disse, olhando nos seus olhos:
"Eu confio em você, claro."

19

Entramos na livraria.
"O que você está fazendo aqui?", perguntei.
"Você deixou o celular desligado", Clarice respondeu.
"Desculpa, devo ter desligado sem querer."
"O bilhete foi deixado hoje de manhã lá em casa. Não conseguia falar com você, então revirei o quarto da Bruna procurando algum papel com o endereço do seu apartamento. Acabei encontrando um cartão com o telefone de uma livraria. Resolvi arriscar e não foi difícil descobrir que era a livraria do seu assistente."
"Cadê o Mattos?"
"Está em casa."
"O que estava escrito no bilhete?"
Ela pediu que eu me acalmasse. O Gordo puxou um banco para mim e outro para Ana.
"O dinheiro tem que ser entregue hoje, às 14 horas, na casa do meu pai, no Recreio. Eu disse que eles estavam lá, não disse?"
"Acho que isso não tem importância agora. Não tinha mais nada escrito no bilhete?"
"Só uma coisa."
O Gordo trouxe cerveja.
"Bebe, você vai precisar."
Bebi um pouco.
"O Thomas diz que o dinheiro precisa ser entregue por vocês."
"Vocês quem?"
"Você, ela e o seu amigo."

Olhei para a Ana e vi o medo no seu rosto. O meu não devia estar muito diferente.

⁂

"Posso ver o bilhete?"

"Ficou em casa."

"Tem certeza de que está escrito isso mesmo, que eu, o Gordo e a Ana temos que levar o dinheiro pro Thomas?"

"Você acha que eu inventei isso?"

Peguei o telefone, liguei pro Mattos.

"Não adianta, meu pai não vai atender. Está dormindo."

"Dormindo? Numa hora dessas?"

Clarice abaixou a cabeça, sem dizer nada.

Ana apertou de leve meu braço e entendi. Mattos devia estar muito fraco por falta da droga.

"Thomas não conhece o Gordo e a Ana", falei, testando Clarice.

"E não te conhece também. É óbvio que foi a Bruna quem contou a ele que você está investigando o caso com a ajuda dos dois."

"Por que o Thomas precisa de nós três pra entregar o dinheiro?"

"Acho melhor você mesmo perguntar a ele."

"Como posso ter certeza de que você está falando a verdade?"

"Será que você não entendeu até agora? Não deu pra ver que estou do seu lado?"

"O Mattos já levantou a grana?"

"Já. É só entregar e pegar o livro."

"Só? Você fala como se fosse simples. Eu vou ali, pago 21 milhões de reais por um livro e volto pra casa feliz, sem nem pedir nota fiscal."

"Dispenso sua ironia. Não tenho culpa de nada, não fui eu quem roubou o livro. E meu pai está te pagando muito bem, antes que você esqueça."

Não dava para esquecer.

"Calma, assim não vamos a lugar nenhum", o Gordo falou, colocando a mão no meu ombro e olhando para Clarice.

"Como você consegue ficar calmo sabendo que vai entrar na casa de um bandido com um monte de seguranças armados?"

"Você já fez isso uma vez."

"Justamente porque fiz uma vez é que não quero fazer de novo."

"Então você não vai?", Clarice perguntou e sua voz saiu tão baixa que quase não pude ouvir.

Matei o resto da cerveja e joguei a garrafinha no cesto de lixo. Não sei como consegui acertar o cesto, sempre erro.

"Não é só a minha vida que está em risco", falei, olhando bem para Clarice.

Ela se levantou, foi até o frigobar do Gordo e pegou um mate.

☙

A porta da livraria se abriu e entrou um senhor alto, magro, com olheiras. Devia ter uns cinquenta e poucos anos e vestia um paletó surrado, escuro, sobre uma camiseta de malha. A calça jeans parecia nunca ter visto uma gota d'água na vida.

O Gordo poderia ter dito: desculpe, hoje não estamos funcionando. Não, deixou a gente ali e foi atender o fulano.

"Posso ajudar?"

"Estou procurando um livro antigo", ele disse, numa voz cavernosa, combinando com as olheiras profundas.

"Veio ao lugar certo. Que livro é?"

"*A mulher de dois sorrisos*, de Maurice Leblanc."

"O amigo está com sorte. Tenho um único exemplar", o Gordo disse e logo depois se virou para mim:

"Miranda, você pode pegar, por favor? Está bem na sua frente, mais para a esquerda, esse de lombada bege."

Segurei o livro nas mãos. Na capa, abaixo do título, vinha: "eletrizante aventura de Arsène Lupin". Abri e li na ficha: 1951.

Entreguei o exemplar ao cliente, que tirou do bolso do paletó uma velha carteira e pagou ao Gordo.

"Se precisar de alguma coisa, é só ligar", o Gordo falou, dando a ele um cartão, junto com o troco.

Ele guardou o cartão da livraria e tirou um outro da carteira.

"Aceite o meu, por gentileza."

O Gordo leu.

"Copiador de livros?"

"Na verdade, sou calígrafo."

"Calígrafo?"

"É, desenho nomes a bico de pena em convites de casamento, formatura, bodas, festa de quinze anos."

"E dá pra ganhar a vida com isso?"

"Mais ou menos. Também por esse motivo resolvi partir pra outro trabalho. Melhor dizendo, *inventei* outro trabalho mais rentável e, a meu ver, bem mais interessante. Copio livros. Livros em mau estado, ou já esgotados, obras raras também, se houver autorização. Ou qualquer outro tipo de livro, mesmo recente."

"Acho que não entendi direito."

"Digamos que este exemplar que você acabou de me vender estivesse com as páginas soltas, manchadas, o papel esfarelando, e você não quisesse restaurar, por algum motivo. Eu poderia copiar o livro todo, a mão. Você teria em casa um belo manuscrito. E mesmo que o livro estivesse em bom estado, há pessoas que querem ter na biblioteca um manuscrito, até de autores modernos."

"Entendi. Um fetiche de leitor. Tenho clientes cheios de manias, sei como é. Agora, me desculpe a sinceridade: que interesse uma pessoa poderia ter num manuscrito feito com a *sua* letra?"

"Nunca é com a minha letra. Nesse caso, do livro que comprei de você, seria com a caligrafia do Maurice Leblanc."

"O senhor imita a letra do autor, é isso?"

"É mais do que mera imitação. Posso copiar a caligrafia de qualquer pessoa. Se você tiver um manuscrito qualquer do autor, o *fac-símile* de uma carta, por exemplo, a partir desse fragmento deduzo exatamente a caligrafia do escritor e copio todo o livro com essa caligrafia."

O Gordo olhou para mim. Seus olhos diziam: que figura!

"O senhor não deve ter uma freguesia muito grande", falei.

"Não preciso de muitos fregueses, pode acreditar", ele disse, e senti um tom irônico na sua voz.

"Quanto tempo o senhor leva pra copiar um livro?", Ana perguntou.

"Depende. Meses, um ano, dois, depende do número de páginas e da caligrafia do autor. Algumas são mais fáceis de copiar, outras dão trabalho."

O Gordo guardou o cartão do copiador de livros.

"Esse livro que o senhor comprou, do Leblanc, é pra copiar?"

Ele sorriu, sem responder. Depois disse:

"Sua livraria é bem agradável."

"Então volte outro dia. Tomamos um café."

"Sem dúvida. Volto outro dia."

Fiquei olhando o homem andar até a saída. Caminhava devagar, cabisbaixo, sem pressa nenhuma. Abriu a porta e sumiu no meio da multidão da rua, carregando a sacola com seu romance policial.

⁂

"Me dá aquela placa, controle a ansiedade e tal", falei para o Gordo.

Ele voltou com outra placa.

Estava escrito: "É O QUE VOCÊ LÊ QUANDO NÃO TEM QUE FAZÊ-LO QUE DETERMINARÁ O QUE VOCÊ SERÁ QUANDO NÃO PUDER EVITAR."

E mais abaixo, em letras diferentes: Espere um pouco e saberá quem escreveu isso.

"Essa consegue ser pior do que a outra."

"É do Oscar Wilde."

"Tudo isso pra dizer 'volto já'?"

"Eu jamais escreveria uma placa com 'volto já'. Isso aqui não é oficina mecânica, é uma livraria requintada."

"Dá pra ver pelos clientes."

"Não gostou do copiador de livros? Aposto que a vida dele daria um romance."

"Romance ruim."

Saí da livraria, coloquei a placa do lado de fora. Entrei, fechei a persiana por dentro e tranquei a porta.

Ninguém dizia nada, todos olhando para mim. Clarice sustentou o olhar por um tempo, depois pegou um livro qualquer e começou a folhear como se estivesse distraída. Eu sabia que não estava.

"Não posso decidir por eles", falei.
"E a *sua* decisão, qual é?"
"Eu vou."

20

Ana se levantou e me deu um abraço.

"Eu vou com você", disse.

O Gordo foi até o frigobar, pegou duas cervejas.

"Então eu vou também. Fazer o quê? Assistente é pra essas coisas", o Gordo falou, me entregando uma cerveja e ficando com a outra.

"Você conhece alguém que possa nos ajudar?", Ana perguntou a Clarice.

"Ajudar?"

"Seu pai deve ter seguranças, você poderia falar com eles."

"Não, de jeito nenhum. Vocês não conhecem o Thomas, ele é muito mais esperto do que vocês imaginam. Se chegarem lá com seguranças ele vai perceber. Ainda mais com os seguranças do meu pai, que ele conhece bem."

"Nós? Você não vai?"

"Não, o Thomas foi muito claro no bilhete. Só vocês três podem ir."

"Precisamos de um plano", falei.

"Não tem plano nenhum, vocês entregam o dinheiro, pegam o livro e pronto."

"Vamos chegar lá de qualquer jeito, com 21 milhões numa maleta?"

"Acredita em mim, Miranda, eu conheço o Thomas. A coisa parece arriscada, mas ele não vai machucar vocês. Ele só quer o dinheiro. Agora, se vocês armarem alguma coisa, qualquer coisa, ele pode mudar de ideia."

"E ficar sem o dinheiro?"

"Ele não vai ficar sem o dinheiro. Se vocês não entregarem a maleta, exatamente como ele disse pra fazer, Thomas não vai devolver o livro. Vai esperar um pouco e marcar uma nova data pra entrega. Só que meu pai não pode esperar."

Cheguei mais perto de Clarice, fiquei frente a frente com ela, nossos rostos a poucos centímetros um do outro.

"O que tem naquele livro?"

Desta vez ela não desviou o olhar. Ficou me encarando por um tempo.

"Você sabe. Sabe muito bem."

O Gordo me fez um sinal, apontando para alguma coisa lá fora, pela fresta da porta. Virei o corpo e não acreditei no que estava vendo.

"Putz!"

O Gordo foi até a porta, abriu.

"Foi daqui que chamaram um táxi?", Clovis falou, em mais uma piadinha fora de hora.

∽

Clarice me puxou num canto.

"Quem é esse?"

"Um amigo do Gordo. É motorista de táxi."

"De confiança?"

"Da confiança do Gordo."

"É ele quem vai levar vocês?"

"Pelo visto, sim."

"Mas ele não sabe de nada, sabe?"

"Acho que não", menti.

"Acha?"

"Não temos muito tempo. Que horas são?"

"Meio-dia."

"Já?"

Clarice voltou para onde estava o grupo.

"Vou indo na frente. Espero vocês lá em casa."

O Gordo se aproximou e falou comigo:
"Só tem uma coisa chata nisso tudo."
"O quê?"
"Não vai dar tempo de almoçar."

※

Antes mesmo de pisar na calçada da livraria, perguntei ao Gordo em que momento ele havia ligado para o Clovis.
"Quando Clarice me contou sobre o que estava escrito no bilhete. Na hora pensei: vamos precisar de um táxi."
"Você não sabia se eu ia topar."
Ele colocou a mão no meu ombro e sorriu. O Gordo me conhecia muito bem, como um irmão conhece o outro.
Abaixei os olhos e fiquei olhando as pedras da rua. Quando tinham sido colocadas ali? Eu passara infinitas vezes pela Rua do Lavradio e nunca me perguntara quando aquelas pedras foram parar naquele chão. Era uma coisa importante, depois que passasse aquele sufoco eu faria uma pesquisa, pensei.
Entramos no carro. Eu e Ana atrás, o Gordo no banco do carona.
"Primeira parada: Marquês de São Vicente, Gávea", o Gordo falou.
Seguimos em silêncio. Era uma segunda-feira ensolarada. Devia estar fazendo um calor do cão na rua. Dentro do carro, com o ar ligado, estava até um pouco frio. Ana encostou a cabeça no meu ombro. Peguei na sua mão e fiquei assim, vendo as pessoas passando pela janela do carro, caminhando pela rua sem terem a mínima ideia do que se passava conosco. Quantas delas sabiam o que era alquimia?
Aquela moça de óculos, parada no ponto de ônibus, talvez soubesse, tinha jeito de quem sabia tudo sobre Nicolas Flamel. O motorista do carro ao nosso lado, ouvindo uma música e cantando sozinho, não devia saber. O magricela na moto, suando dentro do capacete, talvez tivesse um pai que um dia chegou e disse a ele:

filho, vou te contar um segredo, eu tenho quinhentos anos de idade, sou um alquimista.

"Como é esse tal de hermênio? Digo, fisicamente?", o Clovis perguntou, tirando minha concentração.

"Fisicamente não é modo de se referir a uma planta", o Gordo respondeu.

"E como é que eu falo?"

"Tenta 'anatomicamente'. Pode ficar melhor."

"Como é esse hermênio? Anatomicamente falando?"

"Parece maconha."

Clovis fez uma cara pensativa. Eu sabia que dali a pouco viria alguma bomba, era só esperar.

"Engraçado", ele disse, sem completar a frase.

Ficamos esperando.

"Fala de uma vez, Clovis", o Gordo disse, a gente já chegando ao Jardim Botânico.

"Nada não, seria muita sorte."

"O que seria muita sorte? Você tem dois minutos pra dizer ou te jogo pra fora do carro."

"E quem vai dirigir?"

"O André."

Clovis me deu uma olhada pelo espelho retrovisor. Fiquei como estava, sério.

"Não me incomodo se você me jogar pra fora do meu carro. Mas deixar o André pegar o volante é muito arriscado, arriscado demais. Vou contar de uma vez."

Ele parou antes de uma faixa e deixou uma senhora passar. Ela agradeceu com um sorriso.

"Achei um matinho lá no sítio, na horta que fica nos fundos da casa. Estava fazendo uma limpeza e achei um canteiro com umas folhas que eu não conhecia. Depois vi que o desenho da folha era familiar. Todo mundo já viu essa folha por aí, não é? Não identifiquei na hora, mas depois sim."

"Clovis", o Gordo interrompeu, "você não está querendo dizer o que acho que você está querendo dizer, está?"

"Sei lá, Gordo. Vai ver é só maconha mesmo."
"E quem teria plantado maconha no sítio?"
"Eu é que não fui."
"Sua tia talvez", eu disse.
Ele tornou a olhar para mim, pelo retrovisor.
"Minha tia não era exatamente uma tia normal, se é que você me entende."
"E você não vai contar agora a vida da sua tia, espero."
"Não, André, não vou contar. Muito menos pra você. Só uma pessoa sensível pode ouvir a história da minha tia."
"Esse negócio de plantação de maconha é verdade mesmo, Clovis?", o Gordo perguntou.
Ele não respondeu. Parecia ofendido.

※

Chegamos. Clarice abriu o portão e Clovis estacionou o carro no jardim.
Mattos nos recebeu na sala, sentado numa cadeira de rodas. Parecia ter cem anos de idade, mas preservava a lucidez. Me entregou a maleta.
"Finalmente terei meu livro de volta, não é, Miranda?"
"As coisas não saíram como eu queria, senhor. Sinto muito."
"Não foi culpa sua. Thomas planejou tudo meticulosamente, sei que era muito difícil recuperar o livro sem nenhuma perda. Pelo menos ninguém se feriu."
Ele se esqueceu da cartomante.
"Você fez o possível. Agora só quero que vá até lá, entregue o dinheiro e traga o livro pra mim. Vai fazer isso, meu filho?"
Senti uma entonação diferente na sua voz quando me chamou de seu filho. Não era como das outras vezes, agora havia algo mais intenso na voz de Mattos, como se ele de fato me considerasse como um filho.
Abri a maleta.
"Está tudo aí, 21 milhões de reais."

Fechei a maleta e a coloquei no chão. Me agachei na frente de Mattos e vi que seus olhos estavam avermelhados.
"Pode deixar. Vou trazer seu livro hoje mesmo."
Ele fez um carinho nos meus cabelos.
Me levantei e entreguei a maleta ao Gordo. Não sei por que fiz isso. Talvez tenha achado que estaria mais segura com ele do que comigo. Ou fiz sem pensar, querendo apenas sair logo dali. Aquela cena com o Mattos havia me desconsertado um pouco. Não podia negar que sentia certa afeição por ele, mesmo tendo mentido para mim desde o início. As pessoas mentem, fazer o quê?
Clarice me chamou.
"Vocês precisam ir. O endereço está aqui, junto com um mapa. Não é difícil chegar."
E para o Clovis:
"Você conhece bem o Recreio?"
Ele riu.
"Sou um profissional."
Quando ouvi aquilo senti um frio na barriga.
"Tem certeza?", Clarice perguntou.
Ana não lhe deu tempo de responder.
"Eu conheço o Recreio."
Depois se aproximou de Mattos e falou, olhando para as estantes:
"O senhor deve ter belos livros sobre alquimia na sua biblioteca."
"Você se interessa por alquimia?", Mattos falou, surpreso, um brilho súbito nos olhos.
"Estudei um pouco o assunto. Um pouco da *história* da alquimia, claro. Não sei fazer experimentos, transformar ferro em ouro, essas coisas."
"Envenenar livros nem pensar!", o Gordo completou.
O velho olhou para ele, sobrancelhas franzidas.
E depois virou o rosto na minha direção:
"Acho que você se esqueceu de me apresentar seus amigos."

"Não temos tempo pra isso", Clarice interrompeu, "já está na hora de vocês irem."

De onde estava acenei para o Mattos, me despedindo. Clarice nos acompanhou até o carro.

Fui o último a entrar. Todos já haviam ocupado seus lugares, só eu ainda estava do lado de fora, a porta aberta, quando Clarice falou:

"Traz o livro."

"Vou tentar."

"E toma cuidado."

21

Pedi ao Clovis que pegasse a praia do Leblon e seguisse pela Niemeyer na direção da Barra, mesmo sendo um caminho mais longo. Tínhamos algum tempo ainda e eu queria ver o mar.

Não conheço muitas cidades. Sei que há centenas de cidades bonitas espalhadas por aí, mas para mim não existe nada mais impressionante do que a paisagem que estava diante dos meus olhos naquele momento, a estrada seguindo tortuosa pelo alto, as montanhas à direita, o mar à esquerda, lá embaixo.

Nunca fui um carioca típico quando o assunto é praia. Não tenho nada a ver com esses ratos de praia que ficam de péssimo humor quando o tempo muda e não podem torrar debaixo do sol feito jacarés obsessivos. Mas a vista do mar me encanta, aquela principalmente.

Seguimos pela orla. Seria um belo passeio, não fosse o fato de que não estávamos indo beber cerveja num quiosque e sim a caminho de uma casa desconhecida, para entregar a módica quantia de 21 milhões de reais a um bandido, em troca de um livro com droga até nas entrelinhas.

Clovis colocou um CD. Logo começamos a ouvir "Casa no campo, na interpretação da Elis Regina. Ouvimos o início, em silêncio.

"Essa letra é ridícula", eu disse.

Pelo retrovisor, Clovis olhou para mim, cenho franzido.

"O que você falou?"

"Ouve só essa letra."

A voz afinadíssima de Elis cantava: *Eu quero a esperança de óculos.*

"Esperança de óculos? Que merda é essa?!", provoquei.
O Clovis tentou explicar:
"Sei lá, vai ver era o nome da cachorra."
O Gordo olhou para ele, olhos arregalados.
"Por que não? O cara da música estava numa fazenda, fazenda tem cachorro. Ele queria brincar com a cachorrinha, que se chamava Esperança, queria colocar uns óculos nela, de farra. Óculos eram uma coisa legal pra essa geração. Janis Joplin usava óculos. John Lennon usava óculos. O cara queria ser livre pra colocar óculos na cachorrinha dele, a Esperança."

Nem retruquei. Era tão absurdo que não merecia réplica. Elis continuou cantando. Repetiu a parte da esperança de óculos e logo depois: *Eu quero plantar e colher com a mão a pimenta e o sal.*

"Me responde uma coisa, Clovis: você já viu alguém plantar sal?"

Ele não falou nada.

"E já viu alguém colher sal?"

"Você está de implicância, André. A letra fala em pegar o sal direto do mar, entende, com as mãos, sem passar pela indústria capitalista pequeno-burguesa."

"Pegar o sal no mar? Mas o fulano não está no campo?"

"Campo, mar, é tudo igual."

"Campo e mar, tudo igual. Você já ouviu alguém falar: vou pra minha casa de campo na praia? No final de semana vou pra minha casa de campo em Cabo Frio, já ouviu alguém falar assim?"

Ele mudo.

"E colher pimenta com a mão? Se não for com a mão vai ser com o quê? Com o pé? Com a boca, alguém colhe pimenta com a boca?"

"Você está com inveja, André. É isso, inveja, porque eu tenho um sítio e você não tem."

"E seu sítio é no campo ou na praia? Desculpa, esqueci: é tudo igual."

Ele desligou o rádio e ficou olhando para a frente, sério. Parecia tenso. Achei melhor parar.

∽

Quando saímos da Barra percebi que o Clovis olhava para a Ana pelo retrovisor. Pedia socorro, pude ler nos seus olhos.

"Fala a verdade, Clovis, você já esteve no Recreio antes?", o Gordo perguntou, percebendo o mesmo que eu.

"Claro. Faz tempo, mas já vim aqui sim, imagina."

"Quanto tempo?"

Ele levou alguns segundos antes de responder.

"Muito tempo."

"Quanto tempo, Clovis?"

"Minha tia me trouxe na praia do Recreio, uma vez, quando eu era criança."

"Aquela que plantava maconha?", perguntei.

Ele me olhou feio.

"Por que você não falou isso quando te liguei?", o Gordo perguntou.

"Eu ia falar."

"Quando?"

Ana bateu no seu ombro e disse:

"Tudo bem, eu guio você."

Palavras mágicas, pensei comigo. Tirei do bolso o mapa que Clarice havia desenhado com o endereço da casa. Entreguei para Ana.

Entramos na estrada do Pontal e depois rodamos por umas ruas pequenas, sempre com a orientação da Ana. Parecia um labirinto aquilo. Andamos mais um pouco e chegamos a um beco, sem saída.

"É aqui a rua", ela disse.

Lá estava a casa do Mattos, no final do beco. Pelas rachaduras e manchas no muro alto que cercava o terreno e pelo estado lamentável do portão de ferro, parecia abandonada.

Faltavam dez minutos para as 14 horas. Ele estacionou atrás de um fusca azul claro, caindo aos pedaços.

Vi quando um senhor saiu do fusca e veio na nossa direção. Era um velho barrigudo, baixinho, de bermuda, usando óculos escuros.

"Olá, tudo bem?", ele disse, apoiando as mãos sobre o nosso carro e olhando para o interior, pela janela.

Ninguém respondeu.

"Estão precisando de ajuda?", perguntou, levantando um pouco a camisa, o suficiente para que víssemos o revólver na sua cintura por dentro da bermuda.

Senti a mão suada e fria de Ana segurando a minha com força.

"Pode estacionar lá dentro, amigão", ele disse ao Clovis, apontando para a entrada da casa.

Ouvi um barulho de ferro rangendo. Era o portão, todo empenado, que alguém abria por dentro.

Clovis ligou o carro e entrou na casa. O portão foi fechado atrás de nós por um sujeito alto, forte, de terno preto, óculos e boné de motorista.

Havia um jardim na entrada da casa, coberto pelo mato. Clovis estacionou e descemos, devagar.

O velhote barrigudo revistou cada um de nós, sob o olhar atento de outro cara, postado à frente do portão, paletó aberto, armas à vista. Pegou nossas carteiras e celulares, colocando tudo dentro de uma bolsa.

"Isso também fica comigo, se não se importam", disse, pegando a maleta com o dinheiro.

"E o livro?", perguntei.

"Cada coisa a seu tempo."

Entramos na casa e seguimos por um corredor escuro. O velho abriu uma porta e nos mandou entrar. Fechou a porta logo em seguida, trancando por fora.

Estávamos num pequeno quarto escuro. Achei o interruptor, mas a lâmpada não acendeu. Devia estar queimada. A única luz vinha de uma janela lateral com os vidros quebrados. Havia também um banheiro apertado, com vaso sanitário e chuveiro enferrujado. Devíamos estar no quarto de empregada.

Esperamos. Talvez os bandidos estejam contando o dinheiro antes de nos entregar o livro, pensei. Era um pensamento otimista.

Outra hipótese seria a de que tinham dado o fora com a maleta, nos deixando presos naquele quarto.

"Pior é que não tem como fugir, nem com um ano de regime consigo passar por essa janela", o Gordo disse.

Clovis chegou perto da porta e encostou o ouvido, tentando escutar alguma coisa.

"Não ouço barulho de nada. Nem de carro. Eles devem estar na casa ainda."

"Eles não precisam sair de carro. Podem sair andando", o Gordo retrucou.

Comecei a pensar no pior. Thomas não iria nos devolver o livro. Clarice estava errada, Thomas não era quem ela pensava que fosse, foi o que me ocorreu, me lembrando de uma frase recorrente demais para o meu gosto.

∽

"Quem teve a ideia brilhante de se fazer passar pelo Miranda?", Clovis perguntou.

Fazia um calor infernal ali dentro, minha camisa estava empapada de suor e eu não tinha forças sequer para mandar o Clovis para aquele lugar!

"Foi um acaso. Ninguém tem culpa", o Gordo respondeu.

"A gente não deveria ter confiado na Clarice", Ana falou, olhando para mim, "foi loucura vir até aqui sem avisar a polícia."

"As coisas aconteceram muito rápido", respondi.

"Eu sei. Mesmo assim, não deveríamos ter confiado nela."

Ficamos calados um tempo. Não dava para ver direito a cara do Gordo. Imaginei que ele estivesse pensando: está vendo, André, te avisei para não confiar nas mulheres bonitas.

"Ouviram isso?", Ana perguntou.

Eram passos vindo na direção do quarto. Logo depois ouvi rangidos de madeira, como se alguém subisse uma escada. Os rangidos vinham de algum lugar acima de nós. Alguém subia por uma escada que passava sobre o quarto onde estávamos.

Ana deu murros na porta, gritando para nos tirarem dali. Não apareceu ninguém.

Pouco depois ouvimos novamente os rangidos. A pessoa que havia subido a escada agora estava descendo. Ouvimos os passos mais perto do quarto e o barulho de uma chave sendo introduzida na fechadura.

"Venham comigo. Se alguém gritar, morre", disse o baixinho do fusca azul, abrindo a porta e nos esperando do lado de fora.

Subimos pela escada até um corredor. Andamos um pouco e fomos dar numa sala ampla com poucos móveis. À nossa frente havia uma parede toda envidraçada. Cheguei mais perto. Era uma vista bonita, dava para ver os telhados de algumas casas, com as montanhas ao fundo. O baixinho veio até onde eu estava e fechou a cortina. Logo depois alguém disse, às minhas costas:

"Desculpem pelo incômodo. Precisava tomar algumas providências antes de falar com vocês."

Nem precisava me virar de frente para saber quem havia falado aquilo. Eu conhecia aquela voz.

"Diego?!", Ana perguntou.

"Ou Thomas, se preferir."

22

Ninguém abriu a boca para falar nada. Ficamos olhando para o cara sem acreditar no que estávamos vendo.

"Sentem-se, por favor", ele disse.

Ficamos exatamente onde estávamos, paralisados.

"Como queiram. Bebem alguma coisa? Cerveja, suco, água?", perguntou, puxando uma cadeira.

Ana sentou-se no sofá junto comigo. Estava trêmula, não sei se de medo ou pela surpresa. Jamais passara por sua cabeça, nem pela minha, que Diego estivesse envolvido no roubo do livro. E muito menos que fosse o próprio Thomas!

Clovis se ajeitou numa poltrona e o Gordo noutra. Diego, ou Thomas, dispensou os seguranças. Apenas o baixinho ficou na sala, armado.

"Vocês sabem o que fazer. Podem ir preparando tudo. Daqui a pouco partimos", disse a eles.

"Por que será que não estou tão surpreso quanto deveria?", o Gordo perguntou.

"Vai me dizer que já sabia."

"Que você e o Thomas eram a mesma pessoa?"

"Duvido que soubesse."

"Eu estranhei o seu sumiço no domingo, um dia antes de o Thomas mandar o bilhete pedindo resgate. Você estava todo empenhado no caso e apareceu com uma viagem assim, do nada."

"Eu não poderia estar em dois lugares ao mesmo tempo. Ainda não alcancei esse poder."

"Mas só pensei mesmo na hipótese de você ser o Thomas hoje de manhã, quando Clarice chegou à livraria, dizendo que você exigia que viéssemos os três entregar o dinheiro. O André perguntou como é que o Thomas poderia saber que eu e a Ana existíamos. Clarice supôs que Bruna tivesse contado."
"Bastante razoável, não acha?"
"Bruna não conheceu a Ana."
Thomas riu. Um riso cínico.
Ana se virou para o Gordo e fez a pergunta que eu ia fazer.
"Por que você não falou pra gente que estava desconfiado?"
"Era apenas uma suspeita. E àquela altura do campeonato que diferença fazia saber que Diego e Thomas eram a mesma pessoa? Não ia adiantar nada."
Olhei para Thomas. Era irritante como conseguia permanecer tão calmo numa hora daquelas. E por que não me entregava logo o livro e fugia? Parecia estar se divertindo conosco.
"Você juntou os fios um pouco tarde demais, meu amigo", ele disse, olhando para o Gordo.
"Você trabalhou bem."
"Obrigado."
Aquela conversa não podia estar acontecendo, falei comigo mesmo, ainda tonto.

ஒ

"Mas por que você fez isso, por que nos ajudou a desvendar o enigma e nos levou até o culpado, se o culpado era você?!"
"Vou responder, Gordo, quando vocês estiverem mais calmos. Aliás, como é mesmo o seu nome?"
"O que você acaba de dizer: Gordo."
"Ufa, finalmente um nome verdadeiro."
Clovis se levantou e começou a andar pela sala. O baixinho lhe deu uma coronhada na cabeça, por trás.
"Seu babaca!", o Gordo gritou, amparando Clovis e colocando no sofá.
O sangue sujou o encosto da poltrona.

"Ele vai ficar bem", Thomas disse, "foi uma coisinha à toa. Se for preciso, você leva seu amigo ao hospital amanhã, quando saírem daqui."

"Amanhã? Você vai nos prender nessa casa até amanhã?", perguntei.

"Sim, você tem algum compromisso hoje? Espero que não. Amanhã a essa hora você vai estar no seu apartamentinho em Copacabana, são e salvo. Então relaxa e ouve o que eu ainda tenho a dizer. Daqui a pouco preciso sair."

"E o livro? Onde está o livro?"

"Vamos chegar lá. Se vocês me deixarem falar, é claro."

"O que você fez com a Bruna?", o Gordo perguntou, ainda ao lado do Clovis, que estancava o sangue da cabeça com um lenço que Thomas lhe ofereceu.

Thomas respirou fundo. Parecia um pouco irritado.

"Perguntas, perguntas, perguntas."

"Ela está te esperando em algum lugar, não é?"

"Se estiver, vai esperar muito."

"Você vai fugir sozinho com a grana, é isso?"

Ele se levantou, foi até a parede envidraçada, afastou ligeiramente a cortina e ficou ali, vendo alguma coisa lá fora. Depois se virou e disse:

"Acho que Bruna não vai precisar desse dinheiro. Aliás, por que você mesmo não pergunta a ela?"

Thomas apontou para um canto ao fundo da sala, atrás do sofá em que eu estava sentado com a Ana. Olhamos todos naquela direção. Havia alguma coisa ali, enrolada numa colcha escura.

O Gordo foi até lá, puxou a colcha e o rosto de Bruna apareceu. Tinha um buraco de bala no meio da testa.

23

Ana deu um grito e achei que fosse desmaiar. Devia ser a primeira vez que ela estava diante de um cadáver. Eu já tinha passado por isso em outras ocasiões.
"Você matou a Bruna! Por quê?", perguntei, abraçado a Ana.
Thomas voltou a sentar-se.
"Ao vencedor, as batatas", ele respondeu, olhando para Ana.
Peguei um copo d'água e dei a ela.
"Vocês sabem do que estou falando."
"Eu não sei", o Clovis disse.
Thomas fez uma expressão de impaciência.
"Num episódio antológico de *Quincas Borba*, de Machado, o genial mendigo filósofo tenta explicar ao tonto do Rubião a importância da guerra para a manutenção da espécie. Quincas Borba diz: imagina um campo de batatas e duas tribos famintas. As batatas dão apenas para uma tribo. Se dividirem ao meio, as duas morrem de fome. Se, no entanto, uma delas eliminar a outra, a vencedora sobrevive e a espécie está salva. Ao vencedor, as batatas."
"Você não ia morrer de fome com metade de 21 milhões de reais. Nem a Bruna", Ana falou.
"Discordo. Com o dinheiro todo eu diria que dá pra começar uma vida nova, com algum conforto, pelo menos de acordo com o meu padrão de conforto. Metade já não seria o suficiente."
"Vocês poderiam gastar esse dinheiro juntos."
"Que romântico!"
O Gordo voltou a sentar e encarou Thomas.

"Acho que está na hora de você começar a responder nossas perguntas."

"Será um prazer. Vamos começar do início. Quando Bruna chegou em casa, depois do encontro com vocês no Bar Brasil, me ligou dizendo que o Mattos havia contratado um detetive particular, um jovem. E olha só que interessante: um apaixonado por romances policiais! Tenho grande apreço por romances policiais, como vocês sabem. Cheguei a tentar escrever um quando era moço. Depois desisti. Me dei conta de que seria mais fascinante criar uma história de verdade. Há muitos romances no mundo, não acham?"

Ninguém disse nada. Ele continuou.

"Bruna me contou que o tal detetive tinha um assistente, jovem também, e dono de um sebo!"

"Comércio de livros usados", o Gordo corrigiu.

"Que seja. Eu já havia começado a criar minha narrativa policial. Já havia montado o enredo e, com a ajuda da minha saudosa parceira, as páginas iniciais começavam a ser escritas. O desaparecimento do *Histoires extraordinaires*, o livro mais valioso da biblioteca do Mattos, tinha sido o primeiro capítulo do meu romance real. Eu já sabia como iria terminar, aprendi com Poe que se deve começar a escrever uma história sempre pelo final."

Me levantei, peguei um copo d'água para mim e outro para o Clovis. O Gordo não quis.

"Eu tinha então o desfecho, que vocês vão conhecer daqui a pouco, e já havia escrito também, à minha maneira, o primeiro capítulo. Faltava o desenvolvimento. Quando Bruna me contou sobre vocês, tudo se desenhou nitidamente na minha cabeça. Dois jovens detetives, ávidos leitores de romances policiais, intrépidos decifradores de enigmas. Que personagens tenho em mãos!, pensei comigo aquela noite."

"Você é louco?!", Clovis gritou.

Achei que o coitado iria ganhar outra coronhada, mas ficou por isso mesmo. Thomas ignorou a ofensa e prosseguiu no seu relato.

"Bruna me passou o número de celular que o Gordo havia lhe dado e liguei naquela noite mesmo. Vocês ainda estavam no bar, imagino."

Estávamos. Eu me lembrava de o Gordo ter atendido o celular, com a ligação do Diego, querendo vender um lote de livros usados.

"Dei um pouco de sorte, devo admitir. Tenho um pequeno apartamento na Rua da Relação, um quarto e sala que pretendia vender um dia. Estava vazio. Levei alguns livros pra lá, uns tamboretes, colchonete, frigobar. Criei o cenário: a casa de um pobre e esforçado professor de química, de mudança pra um apartamento menor e querendo se desfazer de parte da sua humilde biblioteca pessoal."

"Não fomos nós que encontramos você. Você é que nos levou ao seu encontro."

"Os personagens vão ao encontro do seu autor. Não acham curioso?"

"Eu até acharia, se não estivesse preso numa casa e conversando com um doido varrido que pode me dar um tiro."

"Isso não vai acontecer. Vocês não me oferecem perigo nenhum. Aliás, nunca ofereceram. Dois frangotes querendo se meter em negócio de gente grande. Fiquem tranquilos, não vou matar mais ninguém. A não ser que haja necessidade, claro."

⁂

Thomas chamou o baixinho, que se aproximou dele e recebeu instruções. Não deu para ouvir o que falaram. O baixinho se afastou logo em seguida para um canto da sala e conversou com alguém pelo rádio.

"Eu era exatamente isso, um autor manipulando seus personagens. E meu projeto ia um pouco além. Na verdade, *eu* também seria um personagem. Vejam que engenhoso, eu estava prestes a me tornar personagem de mim mesmo. Até um nome criei: Diego. Gostam desse nome?"

Nenhum de nós respondeu.

"Os capítulos seguintes vocês já conhecem, não é? Primeiro procurei me aproximar de vocês, o que não foi difícil. São dois jovens adoráveis, verdadeiramente adoráveis. Me receberam, a mim, um desconhecido, como se eu fosse um irmão mais velho."

"Já chega dessa embromação, termina logo com isso!", falei. Não estava nem um pouco interessado nos devaneios literários do Thomas. Queria saber onde estava o livro do Mattos e queria ter certeza de que sairíamos mesmo daquela casa no dia seguinte. Nada mais importava.

"Além de ser perfeito para o meu romance real, estar perto de vocês tinha outra vantagem: saber o tempo todo não apenas o que estavam fazendo, mas até o que estavam pensando em fazer. E assim foi fácil manipular cada um dos seus movimentos. Levei vocês por onde eu queria que fossem."

Ele consultou o relógio.

"Já é tarde. Odeio ter que fazer isso, mas vou precisar resumir um pouco a história. Me aproximei de vocês, sugeri que pesquisassem a vida de Mestre Canches, emprestei a biografia de Vidocq. Em suma: dei a vocês todas as pistas para decifrar o enigma. E vocês, como era de se esperar, fizeram um bom trabalho. Por isso estão aqui. Meus personagens finalmente encontraram seu autor."

Tive vontade de pular no pescoço dele. A custo me segurei.

Cheguei o corpo para a frente, ficando bem na beira do sofá. Encarei o Thomas.

"Onde é que ele está? Onde está a porra desse livro?"

Ele me respondeu com um sorriso. Odiei aquele sorriso, odiei com todas as minhas forças aquele sorriso de deboche no rosto do Thomas.

"Por que tanta pressa? Amanhã você vai saber."

⌖

"Quanto tempo eles ainda têm?", perguntei. "O hermênio vai acabar um dia, não vai?"

"Não dá pra saber ao certo. Pelo que o Mattos me falou, o hermênio ainda vai estar ativo por alguns anos, uma década talvez, ou até um pouco mais. Ainda dá pra fazer uma boa festinha com aquele livro."

Um segurança apareceu na porta, dizendo que estava tudo pronto.

"Hora de partir", Thomas disse, se levantando da cadeira.

"Você não precisava ter matado Madame Mercedes", falei.

"Quem é Madame Mercedes?"

"A cartomante."

"Ah, sim, a cartomante. Isso realmente não estava nos planos. Quando Bruna te contou que Clarice tinha a consulta em Vila Isabel, quis apenas te dar uma pista falsa, como a foto, a dívida de jogo e toda aquela conversa de eu ter um caso com Clarice. A ideia era manter vocês ocupados por um tempo. Nem precisava muito, dois ou três dias que vocês perdessem seguindo a pista errada já seria o suficiente."

"Por isso você nos fez ir até o Engenho de Dentro, atrás da sua falsa irmã."

"Custou um pouco caro essa bobagem. Foi ideia da Bruna. Ela não sabia lidar com questões financeiras, coitada, acabou gastando mais do que deveria com a pilantra do Engenho de Dentro."

"E a cartomante?"

"Eu não imaginava que Clarice fosse falar do livro com a cartomante. Imaginei que fosse só uma consulta mesmo, Clarice gosta dessas bobagens, é como o pai dela. Quando a cartomante procurou Bruna, querendo fazer chantagem, fui obrigado a matá-la. Não podia deixar uma tresloucada qualquer atrapalhar meus planos. E o que significa uma cartomante a mais ou a menos nessa vida, não é? Ninguém vai sentir falta."

Thomas apontou para uma geladeira, no canto da sala.

"Se quiserem comer ou beber alguma coisa, fiquem à vontade. Amanhã de manhã Mattos vai ter o seu livro de volta. E vai mandar buscar vocês logo em seguida."

"Você está ferrado", eu disse, "Mattos deve estar estranhando a nossa demora. Daqui a pouco essa casa vai estar cercada pelos seguranças dele!"

"Garanto que isso não vai acontecer."

Thomas tirou um celular do bolso da calça, digitou um número e me passou o aparelho.

"Você vai dizer o que eu mandar. Entendeu? Se fizer alguma gracinha, ela morre", falou e, em seguida, o segurança apontou uma arma para a cabeça da Ana.

Peguei o celular. Senti que minha mão tremia. Todo mundo deve ter visto e fiquei com vergonha. Não era hora para ter vergonha, francamente, mas foi o que senti.

Repeti para Mattos o que Thomas ia falando. Estava tudo bem conosco, amanhã de manhã ele teria o livro de volta e poderia mandar nos buscar. Se mandasse alguém atrás de nós, eles nos matariam. Mattos começou a dizer alguma coisa mas Thomas pegou o aparelho de volta, desligou e o guardou no bolso.

O segurança abaixou a arma. Ana me abraçou.

Thomas estava saindo quando Ana disse qualquer coisa no meu ouvido, tão baixinho que não ouvi direito. Ela repetiu:

"A Bruna. Ele vai deixar a Bruna com a gente, André."

Me desvencilhei dela rapidamente e cheguei até a porta da sala.

"O cadáver!"

"O que que tem?"

"Você vai deixar o cadáver da Bruna aqui, não vai sumir com ele?"

"Hum, acho melhor não. Ela está tão bem, quieta no seu canto. Melhor não incomodar."

"Você vai deixar a gente trancado na sala com um cadáver?"

"Não se preocupe, querida, Bruna já não pode te fazer mal nenhum. Daqui a algumas horas talvez o cheiro comece a incomodar, é verdade, mas será por pouco tempo."

"E a polícia, o que vamos dizer pra polícia?", Clovis perguntou.

"Duvido que a polícia apareça por aqui. Só mesmo se algum vizinho abelhudo resolver chamar. O Mattos não vai fazer isso porque não é bobo nem nada."

Antes de fechar a porta e nos trancar ali dentro, Thomas ainda falou, olhando para o Gordo, numa entonação diferente, como se estivesse declamando:

"Talvez o mistério seja um pouco simples demais."

O Gordo olhou para mim, sem entender o que Thomas queria dizer com aquela frase, dita daquela maneira. Eu também não entendi.

24

Ninguém conseguiu pregar o olho aquela noite. O Clovis tentou inutilmente quebrar o vidro da parede da sala. Thomas não iria dar esse mole, não dava para quebrar aquele vidro. Só nos restava esperar amanhecer e foi o que fizemos.

Thomas poderia ter mentido, talvez estivesse agora no outro lado do planeta, com o dinheiro em uma das mãos e o livro na outra. E Mattos no leito de um hospital, com Clarice ao seu lado. Se nenhum vizinho resolvesse chamar a polícia, correríamos o risco de apodrecer ali, fazendo companhia a Bruna, que já partira desta para melhor – ou pior, vá lá saber.

Por volta das nove horas da manhã ouvimos barulho de carro. E depois vozes, na parte de baixo da casa. Ana, que estava cochilando no meu ombro, levantou assustada. Clovis correu e ficou batendo na porta, gritando como se estivesse dentro de um filme de terror. Parecia um doido (o que não era exatamente novidade).

Alguém arrombou a porta. Apareceu um cara enorme, de terno preto. Eles sempre vestem terno preto, e gravata preta, e camisa branca, podem ser bandidos ou mocinhos, não interessa, o figurino é sempre o mesmo.

Aquele jogava no time dos mocinhos. Logo atrás dele vieram outros dois.

"Vocês estão bem?", Clarice perguntou, entrando na sala.

"Na medida do possível", o Gordo respondeu.

"Que cheiro é esse?"

Passei o braço sobre o ombro de Clarice e falei:

"Vamos embora daqui."

Desci com ela, Ana e Clovis. Lá embaixo eu contaria sobre a morte de Bruna. Não achei uma boa ela ver o cadáver da irmã, que já cheirava mal.

O Gordo entendeu e ficou ainda uns minutos na sala com dois dos seguranças. Devia estar discutindo com eles um jeito de descer com o corpo e levar para o carro sem chamar a atenção de Clarice. Ela teria tempo para velar a irmã, depois, se é que faria mesmo isso.

Entramos no carro de Clarice, eu e Ana. Clovis e o Gordo foram no táxi, enquanto os seguranças seguiam num outro carro.

Não precisei contar nada para Clarice, ela mesma viu pelo retrovisor quando os seguranças colocaram um corpo no porta-malas. Não foi difícil deduzir que era Bruna.

Reparei no seu rosto. Nem sinal de lágrimas. Deu partida no carro e saiu acelerando. Quem sabe à noite, a sós no quarto, ela chorasse um pouco pela morte da irmã.

A viagem de volta seguiu no mais absoluto silêncio. Os três tínhamos coisas a dizer, muitas coisas a dizer, mas parecia que estávamos ainda em estado de choque. Só quando chegávamos à Gávea, a poucos minutos da casa do Mattos, foi que finalmente perguntei:

"Thomas devolveu o livro?"

Ela não respondeu de imediato. Continuou dirigindo.

"Mais ou menos", respondeu, um tempo depois.

"Como mais ou menos? Devolveu ou não?"

"Meu pai vai te contar tudo."

Paciência não é exatamente uma das minhas qualidades. Precisei contar até dez duas vezes, a segunda de trás para frente. Quando terminei, a vontade de esganar Clarice até ela me dizer onde estava o livro havia passado.

☙

A vista do jardim da casa do Mattos nunca me pareceu tão acolhedora quanto naquela manhã. Quando descemos do carro fiquei me lembrando da primeira vez em que estive ali. Naquele dia não

tinha a mínima ideia do que iria acontecer. Thomas já havia tramado tudo, eu não, estava no escuro, completamente no escuro. Mattos veio nos receber na cadeira de rodas. Ainda estava abatido, mas com uma aparência bem melhor do que da última vez que nos vimos. Sem dúvida tinha dado umas boas folheadas no livro de Poe.
 Mal deu tempo de falar com ele. Clarice fez um carinho no rosto do pai e o levou para um canto do jardim.
 Clovis e o Gordo chegaram logo em seguida. Fomos todos para a varanda da casa. Dali eu podia ver Clarice conversando com Mattos. Não podia ouvir o que diziam, mas pela leitura da cena dava para imaginar o assunto. Clarice estava agachada ao lado do pai e o abraçava. A certa altura Mattos colocou as mãos no rosto e chorou, muito.

∽

A copeira trouxe uma bandeja com água e café. Perguntou se queríamos mais alguma coisa. Clovis pediu suco de lima da Pérsia. Olhamos todos para ele.
 "Me deu vontade de tomar suco de lima da Pérsia. Posso?", ele disse.
 "Aposto que você nunca bebeu isso na vida. Deve ter lido numa revista", o Gordo comentou, antecipando meu pensamento.
 "Há sempre uma primeira vez."
 Vi Clarice empurrar a cadeira de rodas do Mattos na nossa direção. Me levantei.
 "Sinto muito por Bruna", falei.
 Mattos desviou o olhar e enxugou as lágrimas.
 "Ontem à noite Clarice me contou sobre Bruna e Thomas. Fez bem, estava me preparando para uma notícia ruim."
 Ficamos todos em silêncio. Dava para ouvir o barulho do vento passando pelas árvores.
 "Eu pensava que era apenas Thomas que eu não conhecia. Agora sei que não conhecia sequer a minha própria filha."
 Clarice colocou as mãos nos ombros do pai.

Mattos tirou do bolso da camisa um envelope e me deu.
"É seu. A segunda parte do pagamento."
Guardei o envelope na mochila.
"Não vai conferir?"
"Não."
Eu estava envergonhado em aceitar aquele cheque, essa era a verdade. Se meu pai estivesse ali, teria dito: filho, devolve. Aquele gesto aparentemente nobre, de guardar o cheque sem conferir, apenas encobria outro, o de simplesmente não aceitar. Eu não havia recuperado o livro, não merecia o pagamento, um homem de caráter teria devolvido o cheque ao Mattos. Tenho caráter, então era exatamente o que deveria ter feito. Mas não fiz.
"Onde está o livro?", perguntei.

༄

Mattos não respondeu.
"Venham comigo, por gentileza", falou.
Clarice empurrou a cadeira para dentro da casa. Fomos atrás. Atravessamos a sala, seguimos pelo corredor e paramos diante da biblioteca. Clarice se adiantou, abriu a porta, entramos.
"Meu Deus!", o Gordo disse, olhando ao redor.
Estava maravilhado, como eu ficara quando estive na biblioteca pela primeira vez.
"Os vitrais, olha os vitrais", Ana me cutucou, olhando para cima.
Eram os vitrais da claraboia, por onde entravam os raios de sol da manhã. Imagem belíssima. A claraboia estava dividida em quatro partes, quatro vitrais, cada um com um desenho diferente.
"Consegue identificar?", Mattos perguntou a Ana.
Ela deu alguns passos adiante, até o centro do salão. Depois tornou a olhar para o alto.
"Um unicórnio, um peixe, um pássaro. O quarto não consigo ver direito."
"Uma salamandra", Clarice falou, numa voz de tédio.
Os olhos de Ana brilharam. Ela apontou para os desenhos.

"Os quatro elementos. Terra, água, ar e fogo."
"Sim", Mattos falou, "os elementos que formam toda matéria. Estão em todo lugar, de algum modo estão em tudo o que existe."
Logo depois pediu a Clarice que o levasse até uma saleta mais adiante, uma pequena sala de leitura, com poltronas e luminárias.
"Podem se acomodar, por favor."
Foi a custo que consegui fazer o Gordo sentar numa daquelas poltronas. Ele só tinha olhos para os livros, parecia hipnotizado.
Só agora eu percebia que a biblioteca era bem maior do que eu imaginava. Não era composta apenas de um recinto circular, de pé-direito alto, como pensei que fosse quando estive ali pela primeira vez. Havia, em duas dessas paredes, entradas laterais, em arco, dando para saletas como aquela em que estávamos, e que por sua vez se abriam a outras, sempre através de portas em arco.
"É um labirinto", o Gordo me disse, antes de sentar, "você percebeu que estamos num labirinto?"
Mattos sorriu.
"Não chega a tanto. De fato a ideia é *parecer* um labirinto, mas não é tão grande assim."
"Seria fácil esconder um livro aqui dentro", Ana falou e Mattos olhou para ela.
"Foi exatamente o que aconteceu", ele disse.

༄

"Como assim?", Ana perguntou, se levantando.
"O livro nunca saiu da biblioteca."
Ana permaneceu onde estava, em pé, esperando uma explicação.
Mattos ficou olhando para um ponto qualquer da biblioteca por um instante, um ponto vago, como se não estivesse falando com ninguém.
"Thomas se superou. Foi mais brilhante do que eu imaginava que pudesse ser. Pensou e executou um plano arriscado, engenhoso e ao mesmo tempo simples, muito simples."
Olhei para o Gordo, no mesmo momento em que ele olhava para mim.

Mattos empurrou a cadeira de rodas, chegando um pouco mais perto de onde estávamos.

"Thomas arrombou o cofre e o deixou aberto, dando a impressão de que o livro havia sido levado. E depois teve apenas o trabalho de colocar o livro noutro lugar da biblioteca. Claro que eu nunca pensaria nessa hipótese, a primeira coisa que me ocorreu, quando vi o cofre vazio, foi o que ocorreria a qualquer pessoa: alguém entrou e levou o livro. Jamais poderia imaginar que ele continuava aqui dentro, onde sempre esteve."

"A carta roubada", o Gordo disse, abaixando a cabeça.

E eu entendi o que ele quis dizer.

25

O Gordo olhou para Mattos e disse:
"Antes de sair da casa do Recreio, ontem, o Thomas falou: talvez o mistério seja um pouco simples demais. Demorou mas lembrei: é uma citação. Uma citação de 'A carta roubada', de Poe. No conto, Dupin fala isso pro delegado de polícia!"
Mattos sorriu, de leve.
"Alguém pode me explicar o que está acontecendo?", Ana perguntou, olhando para o Gordo e depois para mim.
Mattos se virou para ela. Depois respondeu ele mesmo a pergunta:
"Esses rapazes não têm modos. Homens não devem ficar falando em código na presença de uma dama, como se ela não existisse."
"Não é a primeira vez que eles fazem isso", ela falou, falsamente ofendida.
Mattos continuou:
"No conto de Poe, uma carta comprometedora é roubada dos aposentos reais. A polícia sabe quem é o ladrão, um ministro que começa a usar a carta como trunfo político, chantageando certa senhora da família real, para quem a carta era endereçada. Sem provas e sem poder interrogar diretamente o ministro, o delegado de polícia de Paris tenta de todo modo encontrar a carta, sem desconfiar de que o ladrão a escondeu no lugar mais óbvio."
"Na sala da sua casa, junto com outros papéis, perto da lareira", completei.
"É, a carta sempre esteve à vista, bem debaixo do nariz da polícia que, nem assim, ou justamente por isso, conseguiu encon-

trá-la. Só mesmo Dupin cogitou a hipótese de o ladrão ter sido astuto o suficiente para esconder a carta onde ninguém pensou em procurar."

"Vocês estão querendo dizer que o Thomas fez a mesma coisa que o personagem do conto do Poe?! Então a gente ficou correndo esse tempo todo atrás de um livro que nunca saiu daqui? E ainda arriscamos nossas vidas por isso?"

O Gordo adivinhou o que eu estava pensando:

"Temos que reconhecer que foi um bom plano. É um livro precioso demais, já deve ter causado muitas mortes. Se ficasse com o Thomas ou se fosse passado adiante, sempre haveria alguém no seu calcanhar. Ele não queria *possuir* o livro, queria fazer com que a gente acreditasse que estava com ele."

Clovis olhou para Mattos.

"Quer dizer que o senhor pagou uma fortuna pra ter de volta um livro que era seu e que estava na sua casa."

Clarice não gostou, percebi seu olhar para o Clovis.

⁂

"E onde ele escondeu o livro?", Ana perguntou.

"Que diferença isso faz? O caso já não está resolvido?", Clarice respondeu, irritada.

Mattos segurou a mão da filha.

"Está tudo bem, Clarice. Eu é que fui um tolo, não precisa ficar nervosa com a moça, ela não tem culpa de nada."

Ele cruzou as mãos sobre o colo e olhou para nós.

"Thomas deve ter se divertido com toda essa trama. Pensou em cada detalhe. Sua última provocação foi ter escondido o livro justamente ao lado de outro livro de Poe."

"Qual livro?", perguntei.

"*Tales of the Grotesque and Arabesque.*"

"Esse não é o livro original? Não foi daí que Baudelaire traduziu pro francês *Histoires extraordinaires?*", Ana perguntou.

"Ele se arriscou demais pro meu gosto", falei. "Não era um livro que o senhor consultava sempre?"

"Não, não era. E ele sabia disso. Eu guardava o *Arabesque* como relíquia e raramente tocava nele. Um colecionador não costuma ler uma obra rara. Pelo menos não mais de uma vez. Thomas foi preciso e mordaz."

⁂

"Posso fazer uma última pergunta?", falei.

"Claro."

"Aquilo que o senhor me contou no escritório, do mendigo sentado em frente ao prédio onde morava Dupin, com o exemplar do *Histoires extraordinaires*. Aconteceu mesmo?"

Ele olhou para mim, fazendo uma pausa antes de responder. Creio ter flagrado uma ponta de sorriso no seu rosto.

"Digamos que eu tenha improvisado um pouco, dando asas à minha imaginação depois que você me falou que era fã de Poe. Também tenho direito a inventar uma história vez ou outra, não acha?"

"E como foi que o seu bisavô conseguiu o livro?"

"Meu bisavô tinha muitos amigos. Era inteligente, culto, e sobretudo curioso. Conheceu muitas pessoas na sua viagem à Europa, pessoas que lhe apresentaram um mundo novo, que ele jamais pensou existir. É só isso que posso lhe dizer."

"Logo, o livro não era um livro da sorte, como o senhor me disse. Seu bisavô não ficou rico por causa dele, como se fosse um amuleto poderoso. O senhor mentiu nesse ponto também."

"Não vamos chamar de mentira. Melhor dizer que concedi a mim mesmo certa liberdade poética."

"Já chega, pai. Você precisa descansar agora."

Todos nos levantamos. Mattos fez questão de nos conduzir até a saída da casa. Fizemos todo o trajeto sem dizer uma palavra. Acho que não havia mais nada a ser dito.

De volta ao jardim, ele se despediu de nós, apertando a mão de cada um, num gesto afetuoso. Quando apertou a minha, sorriu e disse:

"Boa sorte, filho. Foi um prazer conhecê-lo."

Caminhamos até o táxi do Clovis. Antes de entrar no carro ainda me virei para trás e lancei um último olhar para Mattos, sentado na sua cadeira de rodas, Clarice atrás dele. O velho acenou para mim e tive a nítida sensação de que nunca mais o veria de novo.

26

Clovis nos deixou no Bar Brasil.
"Não vai beber com a gente?", Ana perguntou.
"Não posso, preciso resolver umas coisas."
"Do motel-fazenda?", provoquei.
"É, do motel-fazenda. Não ganho a vida assim tão fácil como você. E pode deixar que mando um convite pra inauguração."
Rimos. O Clovis era um cara legal. Meio pateta, mas legal.
O Bar Brasil tem duas entradas, uma pela Rua do Lavradio, outra pela Mem de Sá. O salão tem o formato de L, com uma entrada em cada parte. É curioso porque pode acontecer de você ficar horas no bar, bem perto de um amigo, sem que vocês se vejam, cada um numa parte do L. Uma vez cheguei a imaginar uma cena de romance policial assim, o detetive e o criminoso bebendo no Bar Brasil, sem saberem da presença um do outro.
Entramos pela Mem de Sá, atravessamos o salão e fomos nos sentar em frente à entrada da Lavradio.
Logo no primeiro chope o Gordo começou seu show.
"Revendo todo o enredo, faz sentido o Thomas ter escolhido justamente esse lugar da biblioteca pra esconder o livro."
Eu e Ana ficamos esperando que ele completasse o raciocínio.
O Gordo fez um pouco de suspense, valorizando o que diria em seguida. Abaixou a cabeça, como se estivesse pensando. Sabia que nossos olhares estavam voltados para ele.
"Não foi por acaso que Thomas me emprestou a biografia de Vidocq. Claro, ele queria brincar comigo, me dando de bandeja a pista do livro envenenado, tanto que marcou a passagem em

que Vidocq descobre o livrinho em Paris etc. Mas havia aí uma outra pista. Vidocq era o mestre dos disfarces, adorava se fazer passar por outra pessoa, como o próprio Thomas. Era isso que ela estava querendo dizer, que eu prestasse atenção aos disfarces."

O garçom se aproximou e anotou nosso pedido. Durante o dia não comi quase nada, estava tenso demais. Agora, com o caso resolvido e as coisas mais tranquilas, a fome bateu de repente. Eu e Ana pedimos bolinhos de carne com arroz de lentilhas. O Gordo foi no de sempre, seu *kassler* com batatas.

"E o que isso tem a ver com a escolha do lugar pra esconder o livro?", perguntei, sabendo que era essa a pergunta que o Gordo esperava para continuar. Se não perguntasse era capaz de ele ficar mudo por uma semana.

"Thomas quis fazer o jogo do duplo. Poe usava muito isso. Não esqueçamos que foi ele quem escreveu 'William Wilson'. Aliás, lembra quando estivemos no apartamento do Diego, ou Thomas, na Rua da Relação, e ele disse que dos contos do Poe o seu preferido era 'William Wilson'? Já estava brincando com a gente, o safado."

"Voltando à vaca fria, o que essa coisa de duplo tem a ver com a escolha do Thomas, do lugar pra esconder o livro?"

"Elementar, meu caro André. Thomas desempenhava um duplo papel na vida do Mattos: o mocinho e o vilão. E depois passou a ser Thomas e Diego. Ora, a tradução de Baudelaire, como toda tradução, é uma espécie de duplo do original. Noutras palavras, *Histoires Extraordinaires* é um duplo de *Tales of the Grotesque and Arabesque*."

O Gordo concluiu sua exposição e bateu o copo sobre a mesa, num gesto que significava: e tenho dito. E não admito réplica.

☙

Ana não replicou, eu também não.

"Onde será que ele está agora?", Ana perguntou.

"Thomas? Deve estar noutro país, com outro nome, torrando o que levou do Mattos e dos seus amigos", o Gordo respondeu.

"Que nome será que ele escolheu dessa vez?"

"Sei lá! O que me consola é que, mesmo estando milionário, um dia ele vai ficar velho, como todo mundo. A não ser que morra antes disso. Nenhum dinheiro vai livrar o Thomas da velhice."

"Como disse Nelson Rodrigues: até os canalhas envelhecem", falei.

༺

"E a Bruna? O que o Mattos vai fazer com o cadáver?"

"Boa pergunta, Ana", o Gordo disse, "ele não vai poder enterrar a filha. Vai ter que se livrar do corpo, se não quiser encrenca com a polícia."

"Agora fiquei com pena da Bruna. Nem um enterro decente a coitada vai ter."

Me lembrei da última vez que falei com Bruna. Foi por telefone, logo depois que Clarice saiu do bar. Ela insistiu que eu ligasse no dia seguinte, dizendo que tinha uma coisa importante para conversar comigo. O que seria? Talvez fosse apenas parte do plano, queria distrair minha atenção enquanto Thomas ganhava tempo. Ou quem sabe ela estivesse pressentindo a traição e quisesse mudar de lado? Seria isso, Bruna estava querendo fugir do Thomas? Será que ele a matou naquela noite mesmo? Eu nunca iria saber.

༺

Peguei o envelope que Mattos havia me dado.

O Gordo e Ana acompanharam o gesto em silêncio.

O envelope estava colado apenas numa pontinha da aba superior. Tentei abrir com jeito, para não correr o risco de rasgar o cheque. Não desgrudava. Umedeci os dedos com saliva.

"Cuidado", o Gordo disse, apontando para os meus dedos.

Por via das dúvidas, preferi abrir o envelope com uma faca.

Lá estava o cheque. Depois de descontar eu dividiria tudo em três partes iguais, sem esquecer de colocar na conta o adiantamento. Não tinha falado com o Gordo, mas sabia que ele iria concordar, não era justo Ana ficar com apenas 10%, como combinado.

Junto com o cheque, havia uma pequena folha de papel. Um bilhete:

Caro amigo,
o Miranda de verdade jamais leu um livro inteiro na vida. Era a única coisa que eu realmente sabia a respeito dele. Mas gostei de você, um jovem e apaixonado leitor de Poe. E agora tenho certeza de que não estava errado em apostar na minha intuição.
Fiz a leitura certa do seu caráter, desde aquele nosso encontro no escritório que nunca foi seu. Você não é nem de longe o rei dos disfarces, felizmente.
Abraço,
Mattos.

"É do Mattos?", o Gordo perguntou.
"É."
"O que está escrito?"
"Nada."
"Um bilhete sem nada escrito. Nunca vi."
"É bobagem. Ele só está agradecendo de novo, nada demais."
Fiz uma bolinha de papel com o bilhete e joguei dentro da mochila.
O Gordo e a Ana ficaram me olhando, sem acreditar na minha mentira. Eu também não acreditaria.

Impressão e Acabamento:
GRÁFICA STAMPPA LTDA.
Rua João Santana, 44 - Ramos - RJ